自由行必學
日語會話
一本通通搞定！

一定要學的會話╳吃喝玩樂小知識，
一本就搞定！

到日本玩，一定要自由行才過癮，但若是不會說個幾句日文，行程肯定會卡卡……但大丈夫！只要跟著以下的使用步驟，管你是在富士山攻頂，還是正在沖繩浮潛，都能夠說出一口實用又道地的好日文！

瘋玩日本
POINT 1.

日本大小事，
從搭飛機到享受美食通通告訴你！

想要去日本自由行，但什麼時候去比較好？要避開哪些人多物價又昂貴的時段？入境日本有什麼要注意的事？想要搭電車、公車的話該怎麼買票？住房方案怎麼選？日本的消費稅是怎麼收的？遇到緊急狀況怎麼辦？不用慌！本書特別撰寫8篇日本自由行一定要知道的大小事，讓你在出發前通通做好準備！

帶著71個自由行必遇情境會話去日本，省時省力不看捶心肝！

71個超級詳細的日本自由行暢玩情境，食衣住行無一不包，想要退稅？想要求包裝寄送？想澈底觀光名勝古蹟？想在日本租車到處玩？你能想到的情境這本都有，就是如此貼心！

瘋玩日本
POINT 3.

帶著「臨場感100%情境對話」與「實用延伸單句會話」去日本，開口就說不用捶心肝！

全書71個情境均有設計雙人對話以及能靈活運用的單句會話，讓你隨時隨地都能拿出來用、需要時也可以自然開口，絕對是平時練習與日本旅遊時的必備良伴！

日本玩到瘋

POINT4.

帶著71個情境補充單字去日本，
隨翻隨查不必捶心肝！

機場和路上的牌子全都有看沒有懂、霧煞煞，一個人出遊好焦慮啊！別怕啦，這本給你71種情境中最常會用到的日文單字及片語，有狀況時就能馬上使用，為你設想絕對周全！

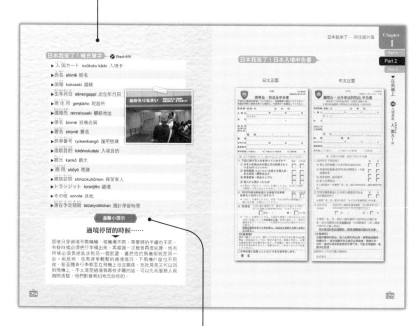

瘋玩日本

POINT5.

帶著貼心小提醒去日本，
溫心叮嚀不聽捶心肝！

出國旅遊小撇步絕對少不了，這時若是有了一點旅日達人的貼心小提醒，將細節通通處理好，保證讓你玩得過程更順利、突發問題更減少，才能玩到盡興玩到瘋，不是嗎？

瘋玩日本
POINT 6.

帶著實境彩圖圖解，一目了然不翻捶心肝！

出國是件放鬆的事，要是拿著黑白相間的文字書上飛機，哪裡感受得到放鬆的氣氛？就讓這本最多采多姿的旅遊日語書作為你的旅伴，陪伴你度過這段美好的旅程吧！全書彩色的實境圖，不僅給你更高的閱讀性，更能擁有好心情，每次翻閱都如同身歷其境呢！

 **Track 003**

帶著會話單字全都錄MP3去旅行，
走到哪都能練聽力，不練揰心肝！

全書的會話與單字均由專業日籍老師親自錄音，用最道地的口音讓你彷彿身處在全日文環境當中，慢慢習慣日文的發音、語調、節奏，無論是聽熟了再出發還是到日本才惡補都可以！

日師親錄情境會話MP3全收錄
掃描QRcode立即下載全書音檔

　　說到出國旅行，台灣人第一時間想到的肯定都是日本。根據觀光局統計，台灣人出國旅行時有大約三分之一的人選擇去日本，在訂房網站的統計中，日本也是台灣人最想旅遊的國家，在搜尋目的地的排名中高居第一。若要去自由行，日本肯定是首選。

　　日本就是這麼好玩！我也常常趁著假期和朋友帶上簡單的行李，利用短短的假期出發去日本，有些朋友就算是兩天一夜也會去日本呢！和不同的朋友走訪日本各地，深入接觸日本文化時，我注意到一些不太擅長日文的朋友會害怕跟當地人對話，看到一些指示牌的時候往往一頭霧水。

　　因此，我開始思索「不會日文或是正在學日文的朋友們，去日本自由行的時候要帶什麼樣的書呢？」，在整理多年來去日本玩的經驗後，這本關於日本自由行的實用會話書終於誕生了。

　　我以實用為主，整理了71個日本自由行的情境，撰寫雙人會話及延伸的單句對話，方便各位讀者能夠在各種情況都有相應的句子或單字可以應用。我也整理了許多的補充單字，以免讀者在日本時看著指示牌卻霧煞煞。無論是會話或是單字，都有請專業老師親自錄音，讓大家可以一邊聽音檔，一邊熟悉日文的發音、語調和節奏。

另外，到了日本之後也可能會產生各式各樣的疑問，因此我也整理通關、住宿、享用美食等日本大小事，以及在71個情境對話中穿插溫馨小提醒，也採用大量的實景照片來介紹日本的旅遊情境。希望透過這些資料，能讓各位讀者更加了解日本！

　　最後，無論是熱愛日本的讀者，還是第一次去日本自由行的讀者，都希望這本書能夠成為你們去日本玩的最佳良伴，幫助各位應付可能發生的各種狀況，展開愉快又精彩的旅程！

費長琳

Contents
目錄

開始學日語之前：
你一定要知道的日本大小事！

Chapter 1 / 日本我來了！飛往國外篇

Chapter 2 日本我來了！道路交通篇

Chapter 3 / 日本我來了！飯店住宿篇

Chapter 4 日本我來了！觀光遊樂篇

Chapter 5 / 日本我來了！暢享美食篇

Part 1 餐廳用餐

Part 2 外帶服務

Chapter 6/日本我來了！
逛街購物篇

Chapter 7 日本我來了！緊急狀況篇

開始學日語之前：
你一定要知道的
日本大小事！

人生地不熟免驚

　　來到異國總是會有一些和自己國家不同的文化、習慣甚至規定，體驗這些不同的風土民情是旅遊最大的樂趣，不過也別忘了時刻提醒自己不要當個失格的旅人！現在就跟著我來看看走在日本有什麼「眉眉角角」吧！

這些時候人又多又貴！

　　日本的國內旅遊相當盛行，因此去日本旅遊時如果想要躲開人潮，除了要避開台灣這邊的旅遊旺季（例如春節期間、寒暑假等）外，記得還要避開日本當地的旅遊旺季。下面就為大家介紹日本的三大連假，同時也是日本人旅遊的三大高峰：

◆年末年始（新年假期）

　　「年末年始」顧名思義就是舊的一年結束新的一年開始，這期間就相當於我們的春節假期。日本過的是新曆年，所以「年末年始」表定的期間是12月29日～1月3日。

◆ゴールデンウィーク（黃金週）

　　日本每年4月底至5月初有許多國定假日，包含4月29日的昭和之日、5月3日的憲法紀念日、5月4日的綠之日、5月5日的兒童節。雖然實際的連假僅有3天，但是只要利用少量特休就可以組成大型連假，如果遇上週末甚至可能有9～10天的連續假期。日本人將這段假期稱之為「黃金週」。

◆お盆（盂蘭盆節）

　　「お盆」有點類似台灣的中元節結合清明節，對日本人來說是個返鄉省親祭祖的節日。「お盆」分為新舊兩個時期，大部分地區是過新的「お盆」，時間定在8月13日～16日；包含東京在內的少數地區是過舊的「お盆」，時間定在7月13日～16日；還有少數地區是過舊曆的「お盆」，時間就不固定。我們一般說的「お盆」假期是指新的「お盆」，雖然不是國定假日，但一般企業大多會給予員工這段假期。

為什麼樂園裡擠滿了學生？

明明已經避開了上面提到的幾個旅遊高峰，為什麼去樂園玩的時候還是人山人海？這有可能是碰上了日本學生們的「春假」啦！

日本的學制是採用三學期制，4月初至7月下旬為第一學期，9月初至12月下旬為第二學期，1月初至3月下旬為第三學期；第一學期與第二學期之間為暑假，第二學期與第三學期之間為寒假，第三學期結束新的第一學期開始前為春假。

春假期間學生們經常結伴出遊，加上日本的遊樂園經常會於春季推出學生優惠方案，所以這時期樂園中常擠滿了相約遊玩的學生們。

 ## 在哪裡可以抽菸呢？

旅途中何時可以來一根，對於癮君子來說想必是相當重要的問題。台灣對於吸菸的規範十分嚴格，室內一律禁止抽菸，不過日本並無這樣的規範，室內是否可抽菸端看各場所的規定，有的地方並無禁菸，有的地方是全區禁菸，而有的地方則是採取分菸，只能於吸菸區抽菸。

然而，有一點必須特別注意，那就是台灣對於室外並無吸菸規範，但日本反而是對此有相關的規定，除了禁止邊走邊抽以外，有些地區只能在吸菸區抽菸，違反規定的話可能會吃上罰單的喔！

路上有地方丟垃圾嗎？

喝完的飲料罐、食物的包裝紙、用過的衛生紙……人在外頭多多少少會產生一些垃圾，這些垃圾的去處還真是讓人有些傷腦筋呢！日本街頭不太會有垃圾桶，在車站、超商門口、百貨商場才比較看得到垃圾桶，所以在此推薦大家一個日本人常見的作法，可以在包包中放一個塑膠袋，將產出的垃圾暫時先放在裡面，有遇到垃圾桶的時候再丟，或是整包帶回去丟。另外，日本有些飲料販賣機旁邊會附設飲料罐的回收桶，如果覺得空飲料罐占位子，也可以丟在這裡！

大方走過路口吧！

你是不是也有過馬路時必須和車子爭道，對車子看了又看、讓了又讓的經驗呢？在日本過馬路可不用這麼辛苦！日本的駕駛基本上都會禮讓行人，當駕駛遠遠看到前方有行人要過馬路時（不只是有斑馬線的地方，就連小路口也是）就會減速停車，待行人通過後才起步。加上日本的駕駛們，在要求須暫停查看的路口，都會確實停車後再前進，所以在過馬路這件事上比台灣安全很多。台灣的行人讓車子讓習慣了，有時候在路口看到車會不由自主地停下腳步，反而變成人車雙方都在等對方通行的情況。因此，走在日本街頭，確認來車已經減速讓行後，就別遲疑勇敢地走過去吧！

拍照時可別忘了禮節！

出門玩嘛～總是要留下一點紀念的！不過在開心拍照的同時，別忘了留意相關的規定和禮節。除了最基本的禁止拍照攝影和禁止使用閃光燈之外，禁止使用腳架或自拍棒也是常見的規範。一般來說，店鋪內的陳設及商品也是禁止拍照的，想要拍照最好要事先詢問，取得許可後再拍。此外，日本人相當注重隱私，所以千萬不要未經同意隨便拍攝特定人物的照片，也不要擅自拍攝私人住宅。最後，現在是網路世代，將照片上傳網站和眾人分享旅遊的喜悅是再正常不過的了，不過如果你的背景有拍到其他人，最好是幫他們臉部模糊處理一下，畢竟你應該也不會喜歡自己出現在不認識的人的臉書、IG或是部落格上吧！

前往日本旅遊，機場就是你的第一站，在這裡順不順利也就直接影響到你是否能以美麗的心情展開這趟旅程。好的開始是成功的一半，現在就一起來看看在機場有哪些注意事項吧！

台灣人最常飛的機場

說到日本的機場，一定很多人立刻就會聯想到成田國際機場吧！成田機場不但是知名的國際機場，同時也是日本每年迎來最多國際旅客的門戶。不過你知道其實台灣人最常飛的機場不是成田機場，而是位於大阪的關西國際機場！

由於航線、航班數量等因素，每個國家的旅客偏好前往的機場可能會有所不同，下面是台灣和全世界最常利用的日本機場排行比較，是不是很不一樣呢？

	全世界旅客	台灣旅客
1	成田機場	關西機場
2	關西機場	成田機場
3	羽田機場	那霸機場
4	福岡機場	羽田機場
5	那霸機場	新千歲機場

順利入關不卡卡

抵達機場下了飛機，接下來就要接受入境審查了。日本的入境審查並不困難，只要入境卡填寫清楚、在審查櫃台有按照指示的程序做，甚至一句話都不用說就能順利、快速地通過。接下來就從入境卡的填寫和審查櫃台兩方面來為大家介紹有哪些需要注意的地方。

◆填寫入境卡

在飛機上空服員會發放入境卡，通常空服員會直接拿中文版的給你，如果拿到日文或英文版的，也可以詢問空服員更換。建議在機上就先填寫好，這樣就能早點排隊，早些入關。如果因為睡著了或是其他原因在機上沒拿到也別緊張，因為在入關的排隊處也都放有各國語言版的入境卡可以自由拿取填寫。

填寫入境卡時，記得僅能使用英文或日文，然後最好用黑筆填寫（因為日本習慣正式文件都用黑筆書寫）。再來最需要注意的就是「在日本的聯絡處」和「電話」兩欄，因為卡在審查的人十之八九都是這兩欄沒有正確填寫。「在日本的聯絡處」這一欄，是要填寫在日入住處的地址，住飯店就填飯店地址（不能只填飯店名稱喔！），住親友家就填親友家的住址；而「電話」這一欄，請填寫在日本可接聽的電話號碼，沒有的話就填寫飯店的電話，千萬不能空下不填，我就親眼見過有人因沒填寫電話而在審查櫃台卡了許久！

◆入境審查

填好入境卡，來到入境審查櫃台，最重要的一點就是留意螢幕，因為螢幕上都有清楚的指示。有些人可能太過緊張，顧著跟入國審查官大眼瞪小眼，忽略了螢幕的存在，反而落到跟入國審查官互相比手畫腳的窘境。

外國人入境日本時需留下臉部照片與兩手食指的指紋，所以在入境櫃台上都會擺著一台螢幕，上方架著拍照用的鏡頭，下方則是按壓指紋的感應器。將護照及入境卡交給入國審查官後，螢幕上會根據你的護照國籍顯示相對應的語言（台灣護照就會顯示中文），跟著螢幕上的指示拍攝臉部和按壓指紋，就能順利完成程序。

若等待入境的旅客較多，或是機場較小，上述留存臉部照片和指紋的程序就有可能會在排隊時進行，機場人員會拉出移動式的機器，先為旅客登錄照片和指紋，到櫃台時就只需要提交護照及入境卡以供審查即可。

◆事先登入「Visit Japan Web」，入境審查更迅速

　　「Visit Japan Web」整合了電子入境卡、檢疫資訊及電子海關申報單系統，只要事先下載APP，並在入境日本前的14天～6小時登錄相關資料，抵達日本時即可跳過機場的檢疫資料書面審查程序，大幅縮短入境時間。

　　入境之後，「Visit Japan Web」也還是有用的！它一併整合了停留在日本時，可以購買的日本觀光局運營的海外旅行保險，以及萬一生病或受傷的話，也會提供日本觀光局運營的醫療院所相關網站作為參考。

Visit Japan Web網址：
https://www.vjw.digital.go.jp/main/#/vjwplo001

外國人也能自動通關！

　　在機場最浪費時間的就是排隊出入關了，每每望著那長長的人龍，總是希望日本機場也能像台灣的機場一樣有自動通關可以用。而現在這個願望算是實現了一半，因為日本已在各大機場陸續引進自動通關閘門，而且也已開放外國人於出境時使用！

　　日本的自動通關閘門分為兩種，一個是「自動化ゲート」（自動化閘門），另一個是「顔認証ゲート」（臉部辨識閘門）。「自動化ゲート」需要事先申請，且外國人需要符合一定條件才能夠申請；而「顔認証ゲート」則不須申請，每個外國旅客皆可於出境時使用（入境是不能使用的）。

　　「顔認証ゲート」的使用方式和台灣的自動通關系統差不多，將護照印有照片的那一頁放置於讀取處，接著拍攝臉部照片，系統驗證為本人後就會開啟閘門讓旅客通過。

目前已有七個機場啟用「顔認証ゲート」，分別是：羽田機場、成田機場、關西機場、福岡機場、中部機場、新千歲機場、那霸機場。

國內線飛機v.s.新幹線

在日本進行長距離移動時，可以選擇搭乘新幹線或日本國內線飛機，這時候一定有人想問，搭哪個比較好呢？這個問題沒有明確的答案，需要經過金錢與時間的計算及衡量才能得出結果。

從金錢層面來看，正常來說國內線飛機的票價會比新幹線貴上一些，但是若有合適的優惠方案，也是可能比搭乘新幹線要划算。然而，對於我們這些外國旅客，運用JR PASS（日本鐵路通票）也有可能比國內線更為便宜。

而從時間層面來看，基本上是兩種情形，一是國內線飛機耗時較短，二是兩者所費時間不相上下。這主要是移動端點的不同所造成的差異，比如說從東京到福岡，搭國內線飛機會比搭新幹線快1個小時左右，但如果是從東京到大阪，不管是搭飛機或搭新幹線，抵達的時間都會差不多。

交通工具篇
在地旅遊趴趴走

在日本各地遊走，總不可能都靠雙腿，舉凡公車、計程車、電車、新幹線、長途巴士……都是可以運用的交通工具。不論你的計劃中有沒有安排到，現在都一起來看看有哪些需要注意的地方，以備不時之需吧！

什麼是交通系IC卡？

每次搭電車都要買票很浪費時間，搭公車的時候算車資也很麻煩，這時候你需要的就是交通系IC卡，一卡在手就能輕鬆走跳日本！日本像台灣一樣，有很多類似悠遊卡和一卡通的非接觸式電子票證，可以用來搭乘電車、公車等，而且因具有電子錢包功能，也能用於便利商店、販賣機等的消費扣款。而其中有10張卡片被總括為交通系IC卡（也簡稱為10卡），知名的「西瓜卡」（Suica）即名列其中。

這10張卡是由10個不同的單位所發行，並分布於全國各大區域，從前是各自為政，但經過2013年起陸續進行的系統整合，現在這10張卡已可橫跨各大地區互相通用，還可和其他規模較小的電子票證系統單向通用，再也不用換個地方就重買一張卡囉！

交通系IC卡為下列10張：

卡片名稱	發行單位	卡片名稱	發行單位
Kitaca	JR北海道	PASMO	パスモ
Suica	JR東日本	manaca	名古屋交通開発機構・エムアイシー
TOICA	JR東海	PiTaPa	スルッとKANSAI
ICOCA	JR西日本	はやかけん	福岡市交通局
SUGOCA	JR九州	nimoca	ニモカ

電子票卡餘額負值可以出站嗎？

你是不是也有過出站時嗶完卡片，發現餘額已經是負值的經驗呢？在台灣，不論是悠遊卡還是一卡通，當卡片餘額是負值時仍然可以出站，不足的車資會由卡片發行單位墊付。但在日本可就要注意囉！卡片餘額負值是出不了站的。

當卡片餘額不足以出站時，你需要在票口附近找到「精算機」。精算機可以進行卡片的加值，可以加值自己想要的金額，也能只加值不足額的部分。除了電子票卡的加值外，磁氣車票坐過站需要補票時也可在精算機操作。出不了站別驚慌，先找精算機就對了！

特急、急行、快速、各停傻傻搞不清？

這四種都是電車的車種，因停靠的站數不同所以到站速度也有著快慢之別，由慢至快依序是各停、快速、急行、特急。其中特急最為特殊，一般來說，它在搭乘時除了車票外，還需要額外購買特急券（依據各電車公司對於車種的命名方式有少許例外）；其他三種則不需要，無論搭乘哪個車種都是相同的車資。雖然交通時間是越短越好，但還是記得要先看清楚該車種有沒有停靠自己要去的站，否則可能會浪費更多時間喔！

公車上的「整理券」是做什麼用的？

日本的公車收費方式不外乎是定額或按里程收費，而在按里程收費的公車上就會有台發「整理券」（也就是號碼牌）的機器。這個整理券的作用是讓司機知道乘客是於哪站上車的，以便計算車資。因此上車時請務必要抽取整理券，之後於投付車資時一併投入。如果沒有整理券，司機無從得知你是從哪上車的，就會被要求支付從起站開始的車資喔！不過若是使用電子票卡，就不必抽整理券，只需於上車時感應票卡即可。

整理券同時也是乘客計算車資的依據。公車前方都會有顯示車資的電子看板，看板上與整理券號碼相同欄位所顯示的數字，即是你所

需要支付的車資，比如你的整理券號碼為3，即在看板上找到3號，下面顯示的160即是需支付的車資。

另外，提醒大家一件事，在日本搭公車不必伸手招車喔，只要站牌有人司機自然會停下載客。

日本的計程車是什麼顏色？

台灣的計程車之所以俗稱小黃，就是因為台灣計程車規定統一採用黃色塗裝。那麼，日本的計程車又是什麼顏色的呢？答案是各種顏色都有！日本對於計程車車身的塗裝並無硬性規定，所以計程車的顏色端看各車行採用何種顏色，白、黃、綠、藍、橘……除了這些亮色外，也有深藍色、黑色這種較為沉穩的顏色。

黑色的計程車近年很受歡迎，除了黑色給人感覺較有質感以外，也是因為高級接送轎車皆為黑車，所以黑車給人們一種高級的印象。實際上也有不少車行會提升黑色計程車的規格，使其與一般計程車相比更具高級感，更接近高級接送轎車的印象。

計程車的門怎麼自己開了？

在路邊攔下計程車後，你的第一直覺是不是伸手打算拉開車門呢？慢著，快收回你的手，讓門自己打開吧！日本的計程車非常特別，無論上下車，車門都是由司機操作裝置開啟，這種作法幾乎只有在日本才看得到。如果自己伸手開門，可能造成車門或操作裝置受損，也可能讓自己受傷，所以記得別急著伸手。

另外，搭計程車還有一點需要注意，就是在後座未坐滿的情況下，副駕駛座是不宜坐的，這是基於司機的安全考量，因為以前發生過不少劫匪佯裝乘客坐上副駕後就趁機打劫的事件。

住宿安排篇
住好睡好免煩惱

出國旅行時，除了機票以外最重要的就是住宿了。跑完一整天的行程，拖著疲憊不堪的雙腿走回飯店的路途總是顯得特別遙遠……不過回到房間後洗去一身的疲勞，躺上舒適的床鋪，睡醒之後又可以精神充沛地迎接新一天的行程了！這麼重要的「回血點」怎能馬虎，現在就來看看日本住宿有哪些特殊的文化吧！

ホテル v.s. 旅館

在日本，旅館大致可分為兩種類型，一種是「ホテル」（HOTEL），另一種是寫成漢字的「旅館」。這兩種在中文裡並無分別，都叫作旅館，但實際上是兩種截然不同的住宿設施，不僅外觀上存在差異，在法律上的營業規範也有所不同。

簡單來說，「ホテル」是以西式建築構造及設備為主體的住宿設施，一般看到位於大樓之中、房間備有西式床具的旅館便屬於此；與其相對，「旅館」是以日式建築構造及設備為主體的住宿設施，位於古色古香的日式樓房內、房間鋪著榻榻米、提供被褥作為寢具的旅館即屬於此。

有了這個概念之後，下次找尋旅途中的落腳之處時，只要看到旅館的名字，就大致可以想像它是間怎樣風格的旅館囉！

和室 v.s. 洋室

旅館有分日式西式，房間內設當然也有分日式西式囉！和旅館一樣，這兩種房間類型都依風格作為區分：

和室採用的是日式的裝潢與格局，地板多為榻榻米（也可能會有木板地），並以拉門來為空間作出分隔。寢具方面是提供可直接鋪於榻榻米上的被褥。另外，進門不穿鞋也是特色之一。

洋室採用的裝潢與格局，相信大家都十分熟悉，地板為硬質地板

（可能鋪有地毯），並提供床鋪作為寢具。與和室相對，洋室的特色之一是穿鞋入室。

　　一般來説「ホテル」的房間大多為洋室，而「旅館」的房間大多為和室，不過現在有些旅館和室洋室都有設，甚至有的旅館還設有「和洋室」（房間內部分為兩個區塊，一邊鋪設榻榻米，另一邊則擺著西式床鋪），所以預定旅館時最好還是看仔細點，才不會不小心選到不合自己需求的房間喔。

 住房方案怎麼選？

　　現在訂房的管道五花八門，許多旅館也會推出自己的優惠方案以迎合不同客群的需求，如果你使用的平台沒有對應中文，或是只能透過日文網站訂房，那就一定要認識下面這些基本的方案內容：

◆朝食付き（附早點）

　　由於並非每家旅館都附有免費早餐，所以這種方案算是蠻常見的，尤其是日式旅館，因為他們的早餐通常會是豐盛且道地的日式早餐。

◆一泊二食（附早晚兩餐）

　　因為台灣現在也不少旅館會這麼用，所以這説法相信很多人都聽過吧！這同樣是日式旅館常見的方案，晚餐通常是具當地特色的鄉土料理或豪華的會席料理。不過需要注意的是，日式旅館的晚餐通常會有固定的出餐時間，並非隨時供餐，所以如果想品嚐旅館的晚餐，記得要先確認好行程的規劃喔！

◆素泊（純住宿無附餐食）

　　這種方案因為不附任何餐食，所以相對來説通常會較為便宜，對於沒有早餐需求又想省點荷包的人來説會是不錯的選擇。

◆早割（早鳥優惠）

　　關於早鳥優惠相信應該不用我多説了吧！大部分的早鳥優惠是給予房客價格上的回饋，不過也有些旅館是會給予額外的贈品或服務。

◆エコプラン／ECOプラン（環保方案）

環保方案指的是免除房間的清潔和備品的補充，也就是房務人員不會來替你打掃房間、整理床鋪、更換毛巾等等（實際情況需依各旅館的規定），但會在房價上給予一些回饋。由於房間的清潔都是在隔日白天才進行，所以最少要連住兩晚以上才能夠使用環保方案。

有紋身就不能泡溫泉？

入住溫泉旅館，肯定很期待晚上能泡湯放鬆一下吧，但是如果你身上有紋身（即便只是紋身貼紙），這個小確幸很可能就要「泡湯」了。因為風俗習慣的關係，紋身在日本很容易令人聯想到黑道分子，所以大多數溫泉都禁止有紋身的人入內。不過紋身的人也不必氣餒，你們還是有機會能泡到溫泉的！首先，禁止進入的很多只有大眾池，而使用房內附屬的溫泉或是可包場的湯屋是沒有問題的。再來，時代的演進和來自各地不同文化的國際旅客也讓日本對於刺青的態度稍稍軟化，有些旅館已不再禁止紋身的客人使用溫泉，甚至還有網站彙整出全日本各地可接受紋身旅客泡湯的旅館資訊（Tattoo-Friendly：https://tattoo-friendly.jp/），選擇這些旅館就能安心泡湯囉！

Tattoo-Friendly

旅館的浴衣怎麼穿？

住日式旅館時（部分西式旅館也是）旅館通常會提供浴衣給房客，這個浴衣不只能當睡衣，穿上外掛後也能在館內活動（順帶提醒一下，西式的睡衣穿出房外可是不禮貌的喔）。不過是不是很多人不曉得這個浴衣該怎麼穿呢？別怕，這裡就告訴你幾個穿旅館浴衣的小訣竅！首先，套上浴衣後先將背部的縫線對齊脊椎，然後先右後左地闔上兩邊的衣片，讓你的左襟在上，這點相當重要，如果穿成右襟在上可就變成死者穿的壽衣囉。接著，在腰部平整地打一個折來調整你的衣長，讓衣襬的位置約略高於腳踝。最後，將腰帶由前往後繞過腰間打折的部分，在背後交叉後繞回正面，於右前方打一個蝴蝶結。這樣浴衣就穿好囉，不難吧！

享受美食篇
吃遍日本超滿足

　　到日本旅行時，最期待的就是享受美食了，尤其是壽司、拉麵、烏龍麵、蕎麥麵、串燒、蛋包飯、關東煮、章魚燒……天啊～口水都要流下來了！俗話說「入境隨俗」，現在就來介紹日本的餐桌禮儀吧！

按人數點餐才不失禮

　　平常在外用餐時，有沒有遇過店家規定每人最低消費是一份餐點或一杯飲料的情形呢？這邊要提及的，大致就是這種概念。只是在台灣，若有基本消費的規定通常會寫明，然而在日本卻經常是不成文的默契。當然有的店家會直接註明，但即便走進的店家沒有明白寫出，最好也遵照這種方式點餐，才不會遭人白眼。舉例來說，如果你們一行四個人進入一家拉麵店，就得點四碗麵才行。

　　那如果同行的有小孩子或是食量很小的小鳥胃，點人數份的餐點會吃不完又不想浪費，該怎麼辦呢？要是店家已註明低消，那還是只能照做，沒得選擇。

　　不過若是店家沒有明白寫出，這時可以考慮用加點飲料或其他小菜、點心的方式來補足少點的部分，將帳單調整到與人數份餐點相當的金額。

# 邊走邊吃是NG的嗎？

　　一手雞排一手珍奶，邊走邊享用美食在台灣是再常見不過的了，不過在日本可就不是這樣了。一般而言，對日本人來說，邊走邊吃（喝）是很沒教養的行為，如果不方便坐下來吃，至少也應該站在定點吃完再移動。

　　不過，這也非全然絕對。像在祭典的夜市或是主打可邊走邊吃的觀光區，邊走邊吃就是一種可被容許的行為。加上時代的變化，現在日本許多年輕人對於邊走邊吃也不似以前那般抗拒，有些人甚至認為那是很古板的意見。例如近來日本掀起珍珠風潮，走在路上人手一杯反而變成一種時尚潮流。

　　實際上，可不可以邊走邊吃最重要的在於「判斷場合」。眾所皆知，日本人是個講求「團體和諧」的民族，他們習慣融入四周，和周圍的人做同樣的事。所以不確定邊走邊吃恰不恰當的時候，不妨觀察一下周遭的人，看看大家是怎麼做的，跟著做就對了！

電車、公車上可以吃東西嗎？

　　台灣不論是公車還是捷運上都明文規定禁止飲食，那日本呢？其實日本的電車和公車上雖然沒有明確標示禁止飲食，但是在車上吃東西也是不合禮儀的喔，雖然不像台灣那樣會有罰則，但不免會被人當成白目。如果是在公車上，還可能直接被司機先生廣播制止，那臉可就丟大了！

　　由於這比較像是「禮儀」而非「規定」，所以像糖果、瓶裝飲料和飯糰、麵包這類小東西，依人而定勉強還在可容許的範圍之內，不過這並沒有一定的標準，端看個人。

　　上面提到的電車指的是一般電車的情況，如果是搭新幹線、特急電車等長距離移動的電車，在車上吃東西就是很一般的行為，不會不禮貌囉。所以搭新幹線的時候就放心在車上享用各地美味的火車便當吧！

「哇沙米」這樣沾才內行！

來到日本怎麼能不盡情品嚐新鮮美味的生魚片呢！很多人在吃生魚片之前，都會先將「哇沙米」──也就是芥末拌進醬油裡。如果你也都是這麼做的，這裡必須很遺憾地告訴你，這種吃法其實是錯的喔！這麼做一方面容易讓芥末的風味散失，並使得整體的味道變得單一，另一方面也不雅觀。

那麼，怎麼吃才是正確的呢？你可以先用筷子夾取適量的芥末抹在魚片上，接著用魚片的另一面沾取醬油，或者將芥末抹在魚片一側，再用另一側沾取醬油。下次吃生魚片的時候不妨試試看這種吃法，或許會有不同於以往的體驗喔。

吃不完的餐點可以打包嗎？

對台灣人來說，在外用餐將吃不完的餐點打包回家是很常見的事。不過一般來說，日本打包的文化並不普遍。一方面顧客不好意思開口，另一方面因為食品衛生上的考量，店家提供打包服務的意願也不高。

如果真的很想打包，還是可以問問看，部分有提供餐點外帶服務的店家是可以打包的，只是也可能會被拒絕。另外，生食、半生熟等等容易變質的食物是不能打包的，而且打包的餐點也應該妥善保存並盡快吃完。還有，食物打包後食品衛生就脫離店家的管理，所以顧客必須負起自我責任，後續如果食用造成食物中毒，店家是不必負責的喔。

其實最好的做法還是視自己的食量點餐，盡量不要點過量，在店內就把餐點吃完。這樣食物才最美味也最安全！

帳單上怎麼有筆不明的金額？

難得來到日本，不少人都會挑間當地的居酒屋用餐，享用美食再來杯清涼的啤酒，體驗日本人下班後放縱的一刻。不過外國人在居酒屋用餐最常遇到一種糾紛，就是結帳時才發現帳單上多了一筆不明的金額，而且還不付不行！

實際上，這筆金額是「お通し代」──也就是入座後店員端上桌的小菜費用，是店家用來提高客單價的方式，一般是一個人300～500日幣左右；關西地區通常稱為「突き出し」，也有的店家會以「チャージ料」或「席料」（座席費）的名義收取。台灣有些餐廳也會預先在桌上擺放付費小菜，如果不想吃可以直接請店員收走，不需要付任何費用；但是日本居酒屋的「お通し」多數時候是無法拒絕的，即使不吃送上的小菜，還是必須支付這筆費用。

只有少數的連鎖居酒屋可以要求不要送上小菜，並免除這筆費用。偶爾也會看到主打不收取這類費用的居酒屋，通常會在店面寫明。這種日本獨有的文化，經常讓外國旅客摸不著頭緒，進而引發店家與顧客之間的消費糾紛。或許是因為這個原因，現在有些觀光區的居酒屋針對外國旅客會取消送上小菜的作法，甚至還聽說過店員發現前來用餐的客人是外國人時就立刻收走已經上桌的小菜的情況呢。

暢快購物篇
逛到鐵腿買到手軟

　　壓馬路是許多人來日本最期待的一件事,用便宜好用的藥妝、新奇便利的電器、琳瑯滿目的食品……把行李裝得滿滿的,雖然苦了荷包但卻賺到大大的滿足!現在就一起來看看,日本購物怎麼買得聰明吧!

複雜的消費稅新制

　　消費稅顧名思義就是消費行為須繳納的稅金,不管購買任何東西、服務,都會伴有這項稅金。日本在2019年10月,將消費稅的稅率調升為10%,並同時導入了「輕減稅率制度」。輕減稅率制度的實施是為了減輕消費稅調漲後民眾的生活負擔,所以針對酒類和外食以外的飲食品以及定期訂閱的報紙(每週發行2次以上)這兩大項,將其稅率調降為8%。輕減稅率制度也使得以往都是單一稅率的消費稅,變成了複數稅率。

　　對身為觀光客的我們來說,會遇到的就是飲食品的部分,其中值得注意的是除外條件中的外食。這裡外食的定義是指在外用餐,所以購買外面製作的食物回去吃是不算外食的。也就是說,同樣的食物,在店內吃適用的稅率是10%,但是外帶適用的稅率是8%。以下就舉幾個可能遇見的狀況供大家參考:

8%稅率	10%稅率
在速食店買了漢堡帶回去吃	坐在速食店內吃漢堡
在便利商店買了食物之後帶回去吃	在便利商店買了食物之後坐在內用區吃
旅館房間冰箱中的飲料、付費零食	旅館的客房餐點服務
將在果園採到的水果帶回去吃	在果園內享用採到的水果

免稅的相關規定

上面我們提到不管購買什麼東西或服務都會伴隨著消費稅，但身為外國人的我們其實是有機會可以拿回這筆稅的喔！只要是在免稅店消費，單日消費5000日圓以上，就可以憑護照辦理免稅手續。

免稅的對象分為一般物品和消耗品，兩者的免稅規範略有不同。一般物品的消費金額要在5000日圓以上（不含稅），購買的物品可立即使用，但離境時必須一起帶出國；消耗品的消費金額要在5000日圓以上50萬日圓以下，店家會將你購買的物品密封包裝，不可於日本境內使用。被封好的消耗品若於境內拆開使用，出境時可是會被追繳關稅的，所以千萬要注意喔！

免稅店標誌

日本的電器可以拿回台灣用嗎？

生活中我們很習慣電器插頭一插就用，有時候會不小心忽略「電壓」的問題。每個國家的電壓都不盡相同，台灣一般家用插座的電壓為110V，而日本則是100V，是世界最低。日本國內販售的電器，其適用的電壓自然是迎合日本家用插座的100V，由於和台灣的電壓不同，將日本的電器帶回台灣使用時需要使用變壓器，否則不但容易損壞機器，也相當危險。不過如果購買的電器是對應全電壓（100-240V）就沒有這個問題，可以安心買回來用！

不容小覷的販賣機

在台灣的街頭販賣機已經不多見，不過日本可是走到哪裡都看得見販賣機的蹤影！在日本的販賣機中，我們可以找到冷熱飲、零食餅乾、冰淇淋、湯品、泡麵、酒類甚至是菸品，種類可說是十分豐富。

雖然販賣機中同樣的商品通常會比在超市或便利商店貴上一些，比如在便利商店買只要120日圓的瓶裝茶，販賣機可能會賣140～150日圓，不過懶得跑遠或是地處偏僻的時候，這些販賣機絕對會是你的好朋友。

整體來說，在日本旅遊的時候，我還是會推薦大家多多留意販賣機，因為不僅有時會遇到定價十分便宜（一罐飲料100日圓以下）的販賣機，有時候也能找到販賣機限定的商品。如果你跟我一樣是個對「限定」兩個字毫無抵抗力的人，這肯定會是你旅行中的一個小小樂趣！

雨天優惠&淑女之日

難得出門逛街，天公卻不作美下起雨來，這時你是不是覺得十分掃興呢？這時候就讓雨天專屬的小小優惠來挽救你低落的心情吧！在日本，部分商店、餐廳、設施會在雨天推出「雨の日サービス」（雨天優惠），利用這雨天限定的優惠來增加下雨天較低的來客率。

雨天優惠的內容視店家而定，有的是直接給予折扣，有的是附贈小贈品，而有的餐廳甚至會有雨天限定的餐點。下次旅途中遇到雨天，與其不開心，不如就反過來把它當成一種小幸運吧！

除了可遇不可求的雨天優惠外，還有一項不容錯過的優惠情報，不過得先跟男性們說聲抱歉，因為這是女性獨有的優惠──「レディースデー」（Lady's Day，淑女之日）。

淑女之日一般來說都定在星期三，部分商家會在這天針對來店的女性客戶提供優惠。其中最具代表性的就是電影院，幾乎每家影城都有制定星期三的淑女之日優惠，提供女性觀眾近四成的票價折扣。

來到日本，除了吃吃喝喝壓馬路以外，美麗的自然景觀和飽含當地特色的文化地標等等也都不容錯過。現在就跟著我一起來看看，日本有哪些有趣的文化特色吧！

 ## 沒有櫻花還可以看什麼？

説到去日本賞花，大家第一個想到的是不是就是櫻花呢！不過櫻花的花期短，近年氣候多變使得花期更難預測，所以花了櫻花季昂貴的旅費特地飛去日本卻沒能看到櫻花的情況時有所聞。

不過除了櫻花，日本還有其他花卉很值得欣賞。如果你錯過了櫻花，或是已經看過櫻花想看看別的，不妨考慮看看欣賞下面這些花，一樣能讓你為之讚嘆喔！

山茶花 2～4月	油菜花 2～3月	梅花 2月上旬～3月上旬
河津櫻 2月上旬～3月上旬	鬱金香 3～4月	杏花 3月中旬～4月上旬
桃花 3月中旬～4月上旬	芝櫻 3月中旬～5月上旬	粉蝶花 4月上旬～5月下旬
鬱金香 4月上旬～5月上旬	紫藤花 4月下旬～5月中旬	杜鵑花 4月下旬～5月中旬
玫瑰 5月中旬～6月上旬 10月中旬～11月中旬	薰衣草 5月中旬～7月中旬	花菖蒲 5月下旬～6月上旬
繡球花 5月下旬～6月下	向日葵 7月下旬～8月中旬	旬掃帚草 10月上旬～10月中旬
菊 11月上旬～下旬		

在神社、寺院參拜時要怎麼做？

　　許多人來到日本都會體驗日本的宗教文化，因為作法和台灣傳統宗教很不一樣，所以若是想要參拜，就必須了解一下正確的作法。由於神社和寺院各自分屬為神道教和佛教，所以作法上也稍有不同。下面就來介紹在神社和寺院的簡易參拜方式！

◆神社

1. 在手水舍清洗雙手及漱口

   使用水勺舀取清水，先清洗左手再清洗右手，接著再以左手盛水漱口（注意不能以水勺就口）。

2. 投香油錢

   前往拜殿，投下香油錢。香油錢的金額並無限制，但一般偏好投5元，取其諧音「有緣」之意。

3. 參拜

   搖響鈴鐺後，按照「二禮二拍手一禮」的順序進行參拜。先鞠躬兩次，接著合掌拍手兩下，許完願後再行一次鞠躬。

◆寺院

1. 在手水舍清洗雙手及漱口

   使用水勺舀取清水，先清洗左手再清洗右手，接著再以左手盛水漱口（注意不能以水勺就口）。

2. 以香煙潔淨身心

   若寺院置有常香爐，可以爐邊飄盪的香煙潔淨自己的身心。

3. 投香油錢

   前往拜殿，投下香油錢。香油錢的金額並無限制，但一般偏好投5元，取其諧音「有緣」之意。

4. 參拜

   合掌靜靜許願，同時鞠躬禮拜，許完願後放下雙手再行一次鞠躬。

在神社許願需要還願嗎？

　　還願在日文中的說法叫作「お礼参り」，實際上就是願望實現之後再回去參拜感謝神明，一般來說會在目標達成後的一年內進行。「お礼参り」基本上和一般參拜無異，也非絕對要有供品，但可視情況奉獻供品或以香油錢答謝神明。

　　不過對我們這些外國人來說，即便想要還願也無法說去就去，所以不方便前去時不妨考慮以下幾種作法：一、將求來的神符或御守寄回神社，並添付許願的內容及謝詞；二、請會前去參拜的人代為轉達謝意；三、請本地神明代為轉達謝意。

「御守」原來有期限！

　　「御守」就是日文中的護身符，在神社參拜完後買回來當紀念的人也不在少數，然而許多人都不曉得，御守其實有效期限只有一年。超過一年已經用舊用髒的御守，其中神明的守護力可能會降低，所以最好是回去買個新的來替換。而舊的御守也不能隨意處理，一般來說是拿回原本的神社，由神職人員被除汙穢後統一焚燒。

在日本夾娃娃不可不知的事

　　很多在台灣不夾娃娃的人，到了日本看到各式各樣夾娃娃機限定的娃娃或周邊商品也會忍不住投幣，那麼在日本夾娃娃又有什麼特別的呢？

　　在日本夾娃娃有一件事和台灣很不一樣，就是當你覺得不好夾，或是機台內架好的禮品不是你想要的款式時，隨時可以請店員來幫你更換以及調整獎品的位置。另外，日本的夾娃娃機大致可分為兩種類型，一種是兩根爪子的，另一種是三根爪子的。三爪的機台通常是投到一定金額爪子才會變緊，而兩爪的機台則是完全靠個人技巧，也是大家口耳相傳「日本的夾娃娃機才真正夾得到」的機型。

緊急狀況篇
意外狀況不用怕

出外旅遊玩得不盡興是小事，最重要的還是平平安安地出門平平安安地回家。不過人算不如天算，為防萬一還是先來了解一下在日本遇到緊急情況時該怎麼辦吧！

日本的緊急電話是幾號？

世界各國的緊急電話不盡相同，而日本的緊急電話則和台灣一樣，警察是撥110，消防則是119。這和台日之間的歷史文化有些淵源。日本將消防號碼定為119時，台灣為日本的殖民地，因此就沿用了這個設定；而110則是戰後才模仿日本所定。

自駕發生車禍時怎麼辦？

不少人會選擇在日本自駕旅遊，租車時租車公司都會有各式保險方案供你選擇，這些在意外碰上事故時都會派上用場。如果很不幸地在路上遭遇交通事故，千萬記得第一件事情務必、絕對、一定要立刻報警！不管再小的擦撞都一樣，絕對不能與對方私自和解。沒有報警保險是不會理賠的，這麼一來你不但得自行賠償租車公司的損失，還可能會吃上肇事逃逸的官司。

報完警後，第二件事就是聯絡你的租車公司，請他們派人協助處理及申請保險理賠。

護照遺失了怎麼辦？

出國在外，護照就是你最重要的身分證明，如果不慎遺失或遭竊需要趕緊處理。這時候請先去派出所報案，取得報案證明，再至距離最近的台北駐日經濟文化代表處申請「入國證明書」。入國證明書就相當於你暫時的護照，請務必妥善保管，回國時也是憑

它出境。回台灣後再憑入國證明書到外交部領事事務局或外交部各辦事處申請補發一本新護照。

　　另外，建議大家出國之前先準備一份護照影本和2張2吋證件照，可加速於辦事處辦理手續時的速度。

身體不適時怎麼辦？

　　人在國外身體如有不適，總是不如身在台灣來得方便，不過好在日本的藥物、醫療取得都還算容易。如果只是輕微不適，可以去藥妝店購買對應的藥物緩解。但如果需要看診，又擔心溝通不良，可以參考日本觀光廳製作的「讓您的日本之旅更加安心：身體不適之時」網站（網址：https://www.jnto.go.jp/emergency/chc/mi_guide.html）。

「讓您的日本之旅更加安心：身體不適之時」網站

此網站可以搜尋日本各地可對應外文的醫療機構資訊，同時也提供了醫療機構的使用指南。

　　指南中不但有介紹就醫的流程，還有描述症狀的圖表，讓外國患者能夠用手指出自己的症狀，幫助患者與醫生溝通。此外，指南裡有張健康自述表，建議大家出國前可以先行列印填寫，尤其是長期服藥的慢性病患者，這樣在就醫時，能夠讓醫生更快掌握你的健康狀況。

　　指南的最後放有「Safety tips」這個APP的下載連結（當然你也能直接上應用程式商店搜尋），這個APP會推播日本國內緊急地震警報以及海嘯警報，APP內也有許多對訪日旅客十分有用的功能，例如地震資訊、氣象警報、火山噴發警報、中暑資訊、避難指示……也包括上面提及的醫療機構搜尋功能，可說是個十足的小幫手！

Safety tips（Google play）　　　　Safety tips（Apple）

 身上的現金帶不夠怎麼辦？

　　日本的東西好好買，買啊買的一個不小心把身上現金都花光了……如果你現金不夠用了，之後又有不能刷卡的消費（或是沒有信用卡），那麼這就是要利用跨國提款的時候了。跨國提款就是透過國外的ATM，將你台灣帳戶中的錢兌換成當地貨幣提領出來，雖然銀行會收取手續費，但不失為應急的好方法。

　　那麼，怎樣才能跨國提款呢？首先你得先有一張能夠跨國提款的金融卡，接著需要去銀行開通金融卡的跨國提款功能，才能夠在國外

提款。之後就是於需要時，在當地找到可跨國提款的ATM進行提款。

目前台灣大部分的銀行都有提供跨國提款的服務，不過各家銀行的手續費與金額限制都不盡相同，建議大家事先查找清楚。

製作緊急聯絡表

錢包丟了要掛失卡片時才急急忙忙上網查信用卡公司的電話、手機掉了卻不記得電話號碼無法聯絡分開行動的旅伴……這邊建議你在出國前先製作一張緊急連絡表，上面列好緊急情況時可能用到的電話，比如信用卡公司、保險公司、駐日代表處、家人、旅伴等的電話號碼，才不會在需要時手忙腳亂。另外，也可以寫上留宿飯店的名稱、地址、電話，這樣在迷路時就能派上用場。

日本我来了！
飛往國外篇

SUMITOMO MITSUI
BANKING CORPORATION

SMBC

三井住友銀行

01 報到劃位
空港(くうこう)でチェックイン

A: すみません、ヤマト航空(こうくう)のチェックインカウンターはどこにありますか。

sumimasen, Yamato kôkû no chekkuin kauntâ wa doko ni arimasu ka?

A: 不好意思，請問大和航空的報到櫃台在哪裡？

B: 三階(さんがい)にございます。１７番(じゅうななばん)カウンターでございます。

sangai ni gozaimasu. jûnanaban kauntâ degozaimasu.

B: 在三樓，17號櫃台。

A: ありがとうございます。

arigatôgozaimasu.

A: 謝謝。

（カウンターで）

（來到了報到櫃台前……）

A: チェックインをお願(ねが)いします。

chekkuin o onegaishimasu.

A: 請幫我辦理報到手續。

C: かしこまりました。パスポートとチケットをお願(ねが)いします。預(あず)け入(い)れのお荷物(にもつ)はございますか。

kashikomarimashita. pasupôto to chiketto o onegaishimasu. azukeire no otenimotsu wa gozaimasu ka?

C: 好的，請給我您的護照和機票。您有要託運的行李嗎？

A: これです。

kore desu.

A: 這個。

C: 先(さき)にパスポートをお返(かえ)しします。

saki ni pasupôto o okaeshishimasu.

C: 護照先還給您。

お待(ま)たせしました。こちらがお客様(きゃくさま)の搭乗券(とうじょうけん)でございます。搭乗(とうじょう)ゲートはＡ８(エーはち)となります。

ometaseshimashita.kochira ga okyakusama no tôjôken degozaimasu. tôjôgêto wa êhachi to narimasu.

讓您久等了，這張是您的登機證，登機口在A8。

日本我來了——飛往國外篇

Chapter
1

Part 1

Part 2

Part 3

▼在機場

01 報到劃位 空港（くうこう）でチェックイン

<ruby>上<rt>うえ</rt></ruby>に<ruby>書<rt>か</rt></ruby>いてある<ruby>出発時刻<rt>しゅっぱつじこく</rt></ruby>の３０<ruby>分前<rt>さんじゅっぷんまえ</rt></ruby>までには、<ruby>搭乗<rt>とうじょう</rt></ruby>ゲートへ<ruby>向<rt>む</rt></ruby>かうようご<ruby>注意<rt>ちゅうい</rt></ruby>ください。

ue ni kaite aru shuppatsujikoku no sanjuppun mae made ni wa, tôjôgêto e mukau yô gochûikudasai.

請您留意需在證上寫的起飛時間30分鐘前至登機口。

A: <ruby>分<rt>わ</rt></ruby>かりました。ありがとうございます。

wakarimashita. arigatôgozaimasu.

A: 我知道了，謝謝。

日本我來了！實用延伸單句會話 → **Track 002**

| 辦理報到手續的時候用 | ＡＺ１２３<ruby>便<rt>びん</rt></ruby>のチェックイン<ruby>手続<rt>てつづ</rt></ruby>きは<ruby>何時<rt>なんじ</rt></ruby>から<ruby>始<rt>はじ</rt></ruby>まりますか。 |

エーゼットひゃくにじゅうさんびん

êzettohyakunijûsanbin no chekkuin tetsuduki wa nanji kara hajimarimasu ka?

幾點會開始辦理AZ123號班機的報到手續？

<ruby>只今<rt>ただいま</rt></ruby>よりチェックイン<ruby>手続<rt>てつづ</rt></ruby>きを<ruby>開始<rt>かいし</rt></ruby>いたします。

tadaima yori chekkuin tetsuduki o kaishiitashimasu.

現在開始辦理報到手續。

選擇座位的時候用

座席を指定したいのですが……。
zaseki o shitêshitai no desu ga…….
我想指定座位。

窓側と通路側の席、どちらがよろしいですか
madogawa to tsûrogawa no seki, dochira ga yoroshî desu ka?
您想要靠窗的座位，還是靠走道的座位呢？

窓側でお願いします。
madogawa de onegaishimasu.
請給我靠窗的座位。

想跟旅伴坐一起的時候用

並び席にしていただけますか。
narabiseki ni shite itadakemasu ka?
能把我們的座位排在一起嗎？

日本我來了！補充單字　🔘 *Track 003*

▶ 空港 kûkô 機場

▶ パスポート pasupôto 護照

▶ チケット／航空券 chiketto／kôkûken 機票

▶ e チケット îchiketto 電子機票

▶ 搭乗券 tôjôken 登機證

▶ 荷物／手荷物 nimotsu／tenimotsu 行李

▶ カート kâto 手推車

▶ チェックイン chekkuin 報到

▶ 手続き tetsuduki 手續

▶ カウンター kauntâ 櫃台

▶ 指定（する） shitê(suru) 指定

▶ 座席 zaseki 座位

▶ ゲート／<ruby>搭乗口<rt>とうじょうぐち</rt></ruby> gêto／tôjôguchi 登機門

▶ <ruby>搭乗待合室<rt>とうじょうまちあいしつ</rt></ruby> tôjômachiaishitsu 候機室

▶ ラウンジ raunji 貴賓室

▶ <ruby>窓側<rt>まどがわ</rt></ruby> madogawa 窗邊

▶ <ruby>通路側<rt>つうろがわ</rt></ruby> tsûrogawa 走道邊

▶ <ruby>並び席<rt>ならせき</rt></ruby> narabiseki 相鄰的座位

温馨小提示

出境登機的流程

▼

出境手續：辦理登機→通過安檢→護照查驗→等待登機→登機

1. 辦理登機
準備好護照、有效簽證，在飛機起飛前兩小時抵達機場，找到指定的航空公司櫃檯報到、託運行李，領取登機證和行李吊牌。

2. 通過安檢
向安檢人員出示護照、登機證，將隨身行李放到X光輸送帶上（若行李中有電子產品、液體等物品，必須拿出來，放入另一個安檢的塑膠盒中），並等待指示通過安檢閘門。

3. 護照查驗
準備好護照、登機證，等待海關人員示意後向前，查驗身分後會蓋下出境章，進入出境大廳。

4. 等待登機
來到出境大廳，建議先根據登機證上的標示，或是登機看板上的資訊，找到指定的登機門。若距離登機還有段時間，可以先逛逛沿街的免稅店。

5. 登機
登機時間即將到達時，就可前往登機門等待，時間一到，機場就會廣播登機的航班以及登機旅客的順序，一般來說會由頭等艙的旅客先登機，而後是商務艙，最後才是經濟艙。

02 行李託運
手荷物を預ける
てにもつ　あず

A: 預け入れのお荷物はございますか。
あず　い　　にもつ
azukeire no otenimotsu wa gozaimasu ka?

A: 您有要託運的行李嗎？

B: このスーツケースです。
kono sûtsukêsu desu.

B: 這個行李箱。

A: こちらにお荷物をお載せください。
にもつ　　の
kochira ni onimotsu o onosekudasai.

A: 請將行李放到這上面。

B: はい。
hai.

B: 好。

A: 中にライターやモバイルバッテリーは
なか
入っていますか。
はい
naka ni raitâ ya mobairubatterî wa haitte imasu ka?

A: 裡面有放打火機或行動電源嗎？

B: いいえ。
îe.

B: 沒有。

A: 無料でお荷物をお預け入れできるのは
むりょう　　にもつ　　あず　い
２０キロまでですが、お客様のお荷物
にじゅっ　　　　　　きゃくさま　にもつ
は２１キロで１キロオーバーです。
にじゅういち　　キロ　いち
muryô de onimotsu o oazukeiredekiru no wa niju
kkiro made desu ga, okyakusama no onimotsu wa
nijûichi kiro de ichi kiro ôbâ desu.

A: 可以免費託運的行李是到20公斤，您的行李是21公斤，超重了1公斤。

このままお預かりすると、超過料金
あず　　　　　　　　　ちょうか りょうきん
をいただくことになりますが、いかが
なされますか。
konomama oazukarisuru to, chôka ryôkin o itadaku
koto ni narimasu ga, ikaganasaremasuka?

如果就照這樣託運的話，我們將會向您收取超重費。您想怎麼做呢？

B: じゃ、ちょっと待っててください。中
ま　　　　　　なか
の物を少し取り出します。
もの　すこ　と　だ
ja, chotto mattete kudasai. naka no mono o sukoshi
toridashimasu.

B: 那就稍等我一下，我拿一些東西出來。

日本我來了！實用延伸單句會話 *Track 005*

託運行李的時候用

荷物はいくつまで預けられますか。
nimotsu wa ikutsu made azukeraremasu ka?
最多可以託運幾件行李？

荷物は何キロまで預けられますか。
nimotsu wa nan kiro made azukeraremasu ka?
行李最多可以託運幾公斤？

これは預けられますか。
kore wa azukeraremasu ka?
這個可以託運嗎？

行李超重的時候用

超過料金はいくらですか。
chōkaryōkin wa ikura desu ka?
超重費是多少？

行李中有易碎品時用

壊れ物注意のステッカーを付けてください。
kowaremono chūi no sutekkā o tsukete kudasai.
請幫我貼上注意易碎品的貼紙。

提到隨身行李的時候用

機内に持ち込むお荷物はございますか。
kinai ni mochikomu onimotsu wa gozaimasu ka?
您有要帶上機的行李嗎？

これは機内に持ち込めますか。
kore wa kinai ni mochikomemasu ka?
這個能帶上飛機嗎？

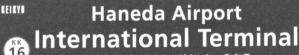

KEIKYU

Haneda Airport
International Terminal

はねだくうこう　こくさいせん　たーみなる
羽田空港 国際線ターミナル

하네다공항 국제선 터미널

Tenkūbashi
天空橋 　→ KK 17 Haneda Airport **Domestic Terminal**
羽田空港 国内線ターミナル

日本我來了！補充單字　 *Track 006*

▶スーツケース　sûtsukêsu　行李箱

▶バッグ　baggu　包包

▶リュック　ryukku　後背包

▶預け入れ手荷物／受託手荷物

azukeiretenimotsu／jutakutenimotsu　託運行李

▶機内持ち込み手荷物／携帯手荷物

kinaimochikomitenimotsu／kêtaitemimotsu　隨身行李

▶キロ　kiro　公斤

▶重量制限　jûryôsêgen　重量限制

▶大きさ制限　ôkisasêgen　大小限制

▶オーバー　ôbâ　超過

▶超過料金　chôkaryôkin　超重費

▶壊れ物　kowaremono　易碎品

▶ステッカー　sutekkâ　貼紙

▶ライター　raitâ　打火機

▶モバイルバッテリー　mobairubatterî　行動電源

▶スプレー　supurê　噴霧罐

在機場

❷ 行李託運　手荷物
てにもつ
を預ける
あず

關於攜帶行李應該注意的事

為了飛航安全，航空公司都會有針對行李的件數、重量和體積的相關規定，且託運行李和隨身行李也各有不同的限制。

一般來說，託運行李的規定比較嚴格，只要違規就可能會收取大筆的超重費，而隨身行李則容許些微的浮動。不過，乘客依然要以航空公司的規定為準，例如：頭等艙可以攜帶的隨身行李和託運行李自然就比商務艙、經濟艙要多；而大部分的廉價航空可能需要另外付費購買託運行李的服務；也有些航空公司只容許攜帶一件隨身行李上飛機，即便是一個登機箱搭配一個隨行小包包也都算違規。

如果有需要攜帶大量行李的旅客，可以預先購買行李重量，並且先在家裡替行李秤重，確定數值在規定的範圍內，避免出國當天到櫃台報到託運時才發現超重，某些航空公司不一定會給乘客機會，把不需要的超重物品從行李箱中拿出來喔。

03 過安檢
保安検査場にて
ほ あん けん さ じょう

日本我來了！臨場感100%情境對話

🎧 *Track 007*

A: お荷物をトレーに入れて、前へお進みください。
にもつ　　　　　　　　　　いまえ　　すす
onimotsu o torê ni irete, mae e osusumikudasai.

ノートパソコンやタブレットは入っていますか。
はい
nôtopasokon ya taburetto wa haitteimasu ka?

B: はい。
hai.

A: お手数ですが、かばんから取り出してトレーにお入れください。
てすう　　　　　　　と　だ
otesû desu ga, kaban kara toridashite torê ni oirekudasai.

上着も脱いで別のトレーにお入れください。
うわぎ　ぬ　べつ　　　　い
uwagi mo nuide betsu no torê ni oirekudasai.

B: スマホは？
sumaho wa?

A: スマートフォンは入れたままで大丈夫です。
い　　　　　だいじょうぶ
sumâtofon wa ireta mama de daijôbu desu.

B: 分かりました。
わ
wakarimashita.

A: どうぞ、お進みください。
すす
dôzo, osusumikudasai.

A: 請將行李放進托盤裡然後繼續往前。

裡面有放筆電或平板電腦嗎？

B: 有。

A: 麻煩您拿出來放進托盤裡。

外套也要請您脫下放進另一個托盤裡。

B: 那智慧型手機呢？

A: 智慧型手機不必拿出來。

B: 我知道了。

A: 請前進。

024

日本我來了！實用延伸單句會話 ▶ 🔘 **Track 008**

**安檢指示
的時候用**

靴をお脱ぎください。
kutsu o onugikudasai.
請脫鞋。

ポケットの中身をお出しください。
poketto no nakami o odashikudasai.
請拿出口袋中的物品。

ベルトをお外しください。
beruto o ohazushikudasai.
請解下皮帶。

**詢問是否攜帶
液體的時候用**

液体物やジェル類などをお持ちですか。
ekitaibutsu ya jerurui nado o omochi desu ka
請問您有攜帶液狀或膠狀等類型的物品嗎？

**談到違禁品
的時候用**

カッターやハサミなどの刃物類は
機内にお持ち込みできません。
kattā ya hasami nado no hamonorui wa kinai
ni omochikomidekimasen.
刀片和剪刀等利器不可攜帶至機內。

機内にお持ち込みできる液体物は
100ミリリットル以下のみでご
ざいます。
kinai ni omochikomidekiru ekitaibutsu wa
hyaku miririttoru ika nomi degozaimasu.
可攜進機內的液狀物僅限容量在100毫
升以下的物品。

**處理違禁品
的時候用**

こちらの物は機内へのお持ち込みができませんの
で、あちらでお捨ていただきます。
kochira no mono wa kinai e no omochikomi ga dekimasen node,
achira de osuteitadakimasu.
由於這些東西不能帶進機內，請在那邊丟棄。

▶保安検査 hoankensa 安檢

▶トレー torê 托盤

▶カゴ kago 籃子

▶ベルトコンベヤ berutokonbeya 輸送帶

▶Ｘ線検査 ekkususenkensa Ｘ光檢查

▶金属探知機 kinzokutanchiki 金屬探測機

▶ボディチェック（する）
bodichekku(suru) 身體檢查

▶刃物 hamono 利器

▶液体 ekitai 液體

▶ジェル jeru 凍狀、膠狀

▶ミリリットル miririttoru 毫升

▶金属 kinzoku 金屬

▶持ち込む mochikomu 攜入

▶捨てる suteru 丟棄

▶処分（する） shobun(suru) 處理

溫馨小提示

安檢注意事項

▼

無法通過安檢的物品：

❶ 刀具：無論是指甲剪、水果刀、餐刀、美工刀，都不能攜帶。
❷ 易燃物品：打火機、殺蟲劑、噴霧劑等。
❸ 包裝容量100毫升以上的液體。
❹ 飲用水、飲料等。
❺ 農作物和食物原料：鮮肉、水果、蔬菜等。

04 航班延誤
飛行機の遅延
ひこうきのちえん

A: ご搭乗の皆様に遅延のお知らせです。
ＡＺ１２３便に遅れが出ています。

gotôjô no minasama ni chien no oshirase desu.
êzettohyakunijyûsanbin ni okure ga dete imasu.

B: 遅延理由は何ですか。

chien riyû wa nan desu ka?

A: 悪天候のためでございます。

akutenkô no tame degozaimasu.

B: じゃ、何時に出発予定ですか。

ja, nanji ni shuppatsu yotê desu ka?

A: 正確な出発時刻についてはお答えかねますが、天候が回復次第出発いたします。

sêkaku na shuppatsu jikoku nit suite wa
okotaedekikanemasu ga, tenkô ga kaifuku shidai
shuppatsuitashimasu.

（しばらく経って） ——————————————

A: ご搭乗の皆様にお知らせです。
ＡＺ１２３便の新しい出発時刻は１２：２０でございます。

gotôjô no minasama ni oshirase desu.
êzettohyakunijûsanbin no atarashî shuppatsu jikoku
wa jûniji nijuppun degozaimasu.

繰り返します。ＡＺ１２３便の新しい出発時刻は１２：２０でございます。

kurikaeshimasu. êzettohyakunijûsanbin no atarashî
shuppatsu jikoku wa jûniji nijuppun degozaimasu.

A: 各位旅客請注意，AZ123號班機將延遲起飛。

B: 為什麼會誤點呢？

A: 是由於天候不佳。

B: 那預計幾點會出發呢？

A: 我無法回答您確切的出發時間，不過待天候狀況回穩就會立即出發。

（過了一會……）

A: 各位旅客請注意，AZ123號班機新的起飛時間為12:20。

重複一次，AZ123號班機新的起飛時間為12:20。

詢問起飛時間的時候用

出発時刻は何時ですか。
shuppatsu jikoku wa nanji desu ka?
起飛時間是幾點？

時刻通り出発しますか。
jikokudōri shuppatsushimasu ka?
會準時起飛嗎？

起飛時間變更的時候用

出発時刻は１２：２０に変更となります。
shuppatsu jikoku wa jūniji nijuppun ni henkô to narimasu.
起飛時間變更至12:20。

航班延誤的時候用

どのくらい遅れるのですか。
dono kurai okureru no desu ka?
會誤點多久呢？

乗り継ぎに間に合わないのですが……。
noritsugi ni ma ni awanai no desu ga......
這樣我會趕不上轉機……

他社便への振替は可能でしょうか。
tashabin e no furikae wa kanô deshôka?
可以改搭其他公司的航班嗎？

遅延証明書をください。
chien shômêsho o kudasai.
請幫我開立航班延誤證明。

お手数ですが、遅延証明書はカウンターまでお申し出ください。
otesû desu ga, chien shômêsho wa kauntâ made omôshidekudasai.
航班延誤證明要麻煩您至櫃台申請。

航班停飛的時候用

本日ヤマト航空は全便欠航です。
honjitsu yamato kôkû wa zenbin kekkô desu.
今天大和航空的航班全面停飛。

機材トラブルのため、ＡＺ１２３便は欠航になりました。
kizai toraburu no tame, êzettohyakunijûsanbin wa kekkô ni narimashita.
由於機械故障，AZ123號班機將停飛。

日本我來了！補充單字　 Track 012

▶便 bin 班次

▶時刻表 jikokuhyô 時刻表

▶出発時刻 shuppatsujikoku 起飛時間

▶遅延（する） chien(suru) 延遲

▶欠航（する） kekkô(suru) 停飛、停駛

▶遅れる okureru 延遲、遲到

▶間に合う maniau 趕上、來得及

▶遅延証明書 chienshômêsho 航班延誤證明

▶振り替える furikaeru 臨時調換

▶悪天候 akutenkô 天候不佳

▶機材トラブル kizaitoraburu 機械故障

▶申し出る môshideru 申請

▶繰り返す kurikaesu 重複

▶手数 tesû 麻煩、費事

溫馨小提示

航班延誤了怎麼辦？

航班延誤險：

航班延誤險，是指投保人（旅客）根據航班延誤保險合約規定，向保險人（保險公司）支付保險費，當合約約定的航班延誤情況發生時，保險人（保險公司）依約給付保險金的商業保險行為。從法律性質上分析，航班延誤險屬於商業保險、自願保險和財產保險。

05 更改機票、退票
フライトの変更・キャンセル

日本我來了！臨場感100%情境對話　　🎧 *Track 013*

A: すみません、飛行機に乗り遅れました。この次の便に変更していただくことは可能でしょうか。
sumimasen, hikôki ni noriokuremashita. Kono tsugi no bin ni henkôshite itadaku koto wa kanô deshô ka?

A: 不好意思，我錯過了班機，有辦法改成下一班嗎？

B: 申し訳ございません。この場合、お手持ちの航空券がそのまま無効となりますので、変更することはできません。
môshiwakegozaimasen. Kono baai, otemochi no kôkûken ga sonomama mukô to narimasu node, henkô suru koto wa dekimasen.

B: 非常抱歉，這種情況下您手邊的機票將直接作廢，所以無法為您更改航班。

A: チケットを新しく購入しなければいけないということですか。
chiketto o atarashiku kônyûshinakereba ikenai to iu koto desu ka?

A: 意思是我只能重新買票了嗎？

B: そうなりますね。
sô narimasu ne.

B: 是的。

A: 仕方ありませんね。次の便はいつ出発予定ですか。
shikataarimasen ne. tsugi no bin wa itsu shuppatsu yotê desu ka?

A: 這也沒辦法了。下一班預計何時起飛呢？

B: 3時間後でございます。
sanjikango degozaimasu.

B: 3小時後。

A: 空席はまだありますか。
kûseki wa mada arimasu ka?

A: 還有空位嗎？

B: はい、まだ大丈夫です。
hai, mada daijôbu desu.

B: 還有。

A: じゃ、それをお願いします。
ja, sore o onegaishimasu.

B: かしこまりました。
kashikomarimashita.

A: 那就它吧，麻煩你了。

B: 好的。

日本我來了！實用延伸單句會話 ● Track 014

變更機票時間
的時候用

予約を変更したいのですが……。
yoyaku o henkôshitai no desu ga……
我想更改班機。

こちらの便を次の日の同じ時間の便に変更していた
だけますか。
kochira no bin o tsugi no hi no onaji jikan no bin ni henkôshite
itadakemasu ka?
可以幫我把這個班機改成隔天同樣時間的班機嗎？

升級座艙
的時候用

座席をビジネスクラスにアップグレードすることは
可能ですか。
zaseki o bijinesukurasu ni appugurêdosuru koto wa kanô desu ka?
能把座位升級成商務艙嗎？

辦理退票手續
的時候用

予約を取り消したいのですが……。
yoyaku o torikeshitai no desu ga……
我想退票。

キャンセル料は掛かりますか。
kyanseruryô wa kakarimasu ka?
要付取消手續費嗎？

お客様のチケットは払い戻しできませんが、それ
でもキャンセルなさいますか。
okyakusama no chiketto wa haraimodoshidekimasen ga, sore demo
kyanserunasaimasu ka?
您的票無法退款，即使如此您也要取消搭機嗎？

▶フライト furaito 班機

▶乗り遅れる noriokureru 沒搭上……

▶変更（する） henkô(suru) 變更

▶無効 mukô 失效

▶キャンセル（する） kyanseru(suru) 取消

▶取り消す torikesu 取消

▶次 tsugi 下一……

▶空席 kûseki 空位

▶キャンセル料 kyanseruryô 取消手續費

▶払い戻す haraimodosu 退費

▶アップグレード（する）
　appugurêdo(suru) 升級

▶エコノミークラス ekonomîkurasu 經濟艙

▶ビジネスクラス bijinesukurasu 商務艙

▶ファーストクラス fâsutokurasu 頭等艙

溫馨小提示

更改機票與退票

▼

由代理人幫忙更改機票：

可諮詢有什麼艙位可變更、艙位差價是多少、如何補差價、在哪裡繳費。如果要請對方變更航班日期，要先確定好改到什麼時候，然後諮詢代理人當天有無相同的艙位，若無相同的艙位，還得補上艙位差價。確定要交的費用後，還要諮詢如何付款。

特價國際機票要注意：

有些特價國際機票，因為有嚴格的限制條件，可能不允許改期，也不允許退票。

06 在登機門

搭乗ゲートにて
とう じょう

A: すみません、ＡＺ１２３便の搭
乗ゲートはここのはずですが、なぜか
誰もいないんです。

sumimasen, êzettohyakunijûsanbin no tôjô gêto wa koko no hazu desu ga naze ka dare mo inai n desu.

B: えっ？ここで間違いないのですか。

e? koko de machigai nai no desu ka?

A: はい。見てください。搭乗券にもそう
書いてあります。

hai. mitekudasai. tôjôken ni mo sô kaite arimasu.

B: ただ今確認して参りますので、少々
お待ちください。

tadaima kakuninshite mairimasu node, shôshô omachikudasai.

A: はい、お願いします。

hai, onegaishimasu.

B: さっきＡ８ゲートに変更したというア
ナウンスがあったようです。

sakki êhachi gêto ni henkôshita to iu anaunsu ga atta yô desu.

A: そうなんですか。分かりました。あり
がとうございます。

sô nan desu ka. wakarimashita. arigatôgozaimasu.

A: 不好意思，AZ123號班機的登機門應該是在這邊，但是不知為何空無一人。

B: 咦？確定是在這邊嗎？

A: 對啊，你看，登機證上也是那樣寫的。

B: 我去問問看，請您稍等一下。

A: 好，麻煩你了。

B: 據説剛才有廣播説改到A8登機門了。

A: 這樣啊，我知道了。謝謝。

**尋找登機門
的時候用**

ＡＺ１２３便の搭乗ゲートにはどうやっていけばいいですか。

êzettohyakunijûsanbin no tôjô gêto ni wa dô yatte ikeba î desu ka?

請問AZ123號班機的登機門要怎麼去？

ＡＺ１２３便の搭乗ゲートはここでしょうか。

êzettohyakunijûsanbin no tôjô gêto wa koko deshô ka?

請問AZ123號班機的登機門是這裡嗎？

**詢問登機時間
的時候用**

ＡＺ１２３便の搭乗手続きは何時から始まりますか。

êzettohyakunijûsanbin no tôjô tetsuduki wa nanji kara hajimarimasu ka?

請問AZ123號班機幾點開始辦理登機手續？

**班機延誤
的時候用**

ただいま到着遅れで搭乗手続きを見合わせています。

tadaima tôcyakuokure de tôjô tetsuduki o miawasete imasu.

登機手續目前因班機誤點的緣故延後辦理。

**開始登機
的時候用**

ＡＺ１２３便はまもなく搭乗が始まります。ご搭乗のお客様はお早めに搭乗口へお越しください。

êzettohyakunijûsanbin wa mamonaku tôjô ga hajimarimasu. gotôjô no okyakusama wa ohayameni tojôguchi e okoshikudasai.

AZ123號班機即將開始登機，欲搭乗的旅客請儘早前往登機口。

ヤマト航空東京行きＡＺ１２３便はただいま搭乗を開始いたします。

yamato kôkû tokyô yuki êzettohyakunijûsanbin wa tadaima tôjô o kaishiitashimasu.

大和航空AZ123號飛往東京的班機現在開始登機。

搭乗券とパスポートを予めご用意ください。

tôjôken to pasupôto o arakajime goyôikudasai.

請事先準備好您的登機證與護照。

日本我來了──飛往國外篇

Chapter
1

Part 1
Part 2
Part 3

在機場 06 在登機門 搭乗 ゲートにて

日本我來了！補充單字 🎧 **Track 018**

▶ ゲート／搭乗口 gêto／tôjôguchi 登機門

▶ 搭乗待合室 tôjômachiaishitsu 候機室

▶ ラウンジ raunji 貴賓室

▶ 便名／フライトナンバー
binmei／furaitonanbâ 班機號碼

▶ アナウンス anaunsu 廣播

▶ 搭乗案内 tôjôannai 登機指示

▶ 到着遅れ tôchakuokure 延遲抵達、誤點

▶ 見合わせる miawaseru 延後

▶ 開始（する） kaishi(suru) 開始

▶ ただいま tadaima 現在

▶ 早めに hayameni 提早、快點

▶ 予め arakajime 事先

▶ 用意（する） yôi(suru) 準備

溫馨小提示

挑選飛機座位

如果兩人一起旅行，遇到一排3個座位的飛機，可以訂一個靠窗的座位和一個靠走道的座位。這樣，一排3個座位中，你們中間的座位就是空的，這個座位一般到最後時刻才會被分配給其他人。所以如果飛機沒有坐滿的話，兩人就能享受比較寬鬆點的環境囉。如果真坐滿了，最後再和中間那個人交換位子就好啦！

如果坐在緊急出口旁邊的位子，有個好處就是前面沒有人，可以放心地把腳伸得很長，離開位子伸展筋骨時也不用跨過旁邊的人。但緊急出口旁的人有個責任，必須知道要如何打開緊急出口。如果你在緊急情況下不知道操作方法，不僅自己的安全受到威脅，還會給別人帶來危險。緊急出口的安全門非常重，因此機組員一般也偏好讓力氣夠大的人坐在緊急出口旁邊的位子。

01 尋找座位
座席探し
(ざ せき さが)

日本我來了！臨場感100%情境對話 🔊 *Track 019*

A: すみません、私 の席はどこですか。
わたし　せき
sumimasen, watashi no seki wa doko desu ka?

B: 座席番号は何番でございますか。
ざ せきばんごう　なんばん
zaseki bangô wa nanban degozaimasu ka?

A: ２１Ｄです。
にじゅういちディー
nijûichidî desu.

B: こちらの通路から進んで、右手側にございます。
つう ろ　　すす　　みぎ て がわ
kochira no tsûro kara susunde, migitegawa ni gozaimasu.

A: 分かりました。ありがとうございます。
わ
wakarimashita. arigatôgozaimasu.

A: 不好意思，請問我的座位在哪？

B: 您的座位號碼是幾號呢？

A: 21D。

B: 從這邊的走道往前走，在您的右手邊。

A: 我知道了，謝謝。

（席に着いて）
せき　つ
（抵達座位）

A: すみません、ここは 私 の席だと思うのですが……。
わたし　せき　　おも
sumimasen, koko wa watashi no seki da to omou no desu ga......

B: あっ、ごめんなさい。間違えました。
まちが
a, gomennasai. machigaemashita.

A: 不好意思，這裡應該是我的座位。

B: 啊，對不起，我坐錯了

日本我來了──飛往國外篇

Chapter
1

Part 1
Part 2
Part 3

▼
在飛機上

01
尋找座位 座席探し
ざ せき さが

日本我來了！實用延伸單句會話 ── 🔊 Track 020

尋找座位 的時候用	２１Ｄはどこですか。 にじゅういちディー nijûichidî wa doko desu ka? 請問21D在哪裡？

２１Ｄはこちらの通路からですか。
にじゅういちディー　　　　　　　　つう ろ
nijûichidî wa kochira no tsûro kara desu ka?
21D是從這條走道過去嗎？

席まで案内していただけますか。
せき　　あんない
seki made annaishite itadakemasuka?
可以請你帶我到位子上嗎？

座席番号は何番でございますか。
ざ せきばんごう　　なんばん
zaseki bangô wa nanban degozaimasu ka?
您的座位號碼是幾號呢？

確認座位 的時候用	ここは私の席だと思うのですが……。 わたし　せき　　おも koko wa watashi no seki da to omou no desu ga...... 這應該是我的位子。

▶ 客室乗務員／キャビンアテンダント（ＣＡ）
きゃくしつじょうむいん
kyakushitsujômuin／kyabin'atendanto 空服員

▶ 機長 kichô 機長
きちょう

▶ 副操縦士 fukusôjûshi 副機長
ふくそうじゅうし

▶ 座席番号 zasekibangô 座位號碼
ざせきばんごう

▶ 通路 tsûro 走道
つうろ

▶ 右手側 migitegawa 右手邊
みぎてがわ

▶ 左手側 hidarigawa 左手邊
ひだりてがわ

▶ 案内（する） annai(suru) 引導
あんない

▶ シートベルト shîtoberuto 安全帶

▶ 収納棚／ラック shûnôdana／rakku 行李收納櫃
しゅうのうだな

溫馨小提示

如何找座位

飛機座位的劃分是根據飛機的型號及座位排列形式來定。一般情況下，中小型客機為每排4～6個位子，中間為通道，大型客機或寬體客機為雙通道，每排7～9個座位（以經濟艙而言）。先搞清楚自己坐的是頭等艙還是商務艙、經濟艙，是飛機前段、還是後段或二樓（有些飛機不只一層）、是左邊通道還是右邊通道等，這樣就知道自己的下一步該怎麼辦了。不過請您放心，在您登上飛機的那一剎那，面帶微笑的空服員一般都會很熱心地告訴您如何儘快找到自己的座位喔！

02 調換座位
座席の交換
ざ せき　　こう かん

🎧 *Track 022*

A: あの、すみません。
ano, sumimasen.

A: 不好意思，打擾一下。

B: はい、何でしょうか。
なん
hai, nan deshô ka?

B: 有什麼事嗎？

A: 家族と一緒に座りたいのですが、席が
か ぞく　いっしょ　　すわ　　　　　　　せき
分かれてしまいました。
kazoku to isshoni suwaritai no desu ga, seki ga
wakarete shimaimashita.

A: 我想和家人坐在一起，但我們的座位被分開了。

もしよろしければ、私と席を変わって
わたし せき か
いただけますか。
moshi yoroshikereba, watashi to seki o kawatte
itadakemasu ka?

如果您願意的話，是否能跟我換個位子呢？

B: お席はどこですか。
せき
oseki wa doko desu ka?

B: 你的座位在哪？

A: 二列前の同じところです。
に れつまえ　 おな
niretsumae no onaji tokoro desu.

A: 往前兩排的同一個位置。

B: 分かりました。交換しましょう。
わ　　　　　　　　　こうかん
wakarimashita. kôkanshimashô.

B: 我知道了，那我們交換吧。

A: ありがとうございます。
arigatôgozaimasu.

A: 謝謝。

🎧 *Track 023*

調換座位
的時候用

空いてるところに移動できますか。
あ　　　　　　　　　　い どう
aiteru tokoro ni idôdekimasu ka?
我能換到空位去嗎？

トイレに近い空席はありますか。あるならそちらに
ちか　くうせき
移動したいんですが……。
い どう
toire ni chikai kûseki wa arimasu ka? aru nara sochira ni idôshitain
desu ga...
有靠近廁所的空位嗎？有的話我想換到那裡去。

調換座位 的時候用	もう　わけ 申し訳ございません。本機は満席となっております ほん き　まんせき す。 môshiwakegozaimasen. honki wa manseki to natte orimasu. 非常抱歉，本機的座位全坐滿了。
拒絕更換座位 的時候用	ごめんなさい。だめですね。 gomennasai. dame desu ne. 對不起，沒辦法耶。 わたしたち　　　　いっしょ 私 達は一緒なんです。 watashitachi wa issho nan desu. 我們是一起的。 つう ろ　がわ 通路側でないと……。 tsûrogawa de nai to... 如果不是靠走道的位子就沒辦法耶。

日本我來了！補充單字 🔘 *Track 024*

こうかん
▶交換（する）　kôkan(suru)　交換

あ
▶空く　aku　空下、空出

くうせき
▶空席　kûseki　空位

まんせき
▶満席　manseki　座位全滿

い どう
▶移動（する）　idô(suru)　移動

わ
▶分かれる　wakareru　分開

いっしょ
▶一緒　issho　一起

か ぞく
▶家族　kazoku　家人

ともだち
▶友達　tomodachi　朋友

かのじょ
▶彼女　kanojo　女友

かれ し
▶彼氏　kareshi　男友

どうこうしゃ　　つ
▶同行者／連れ　dôkôsha／tsure　同行者

03 機上服務
機内<ruby>機内<rt>き ない</rt></ruby>サービス

A: <ruby>失礼致<rt>しつれいいた</rt></ruby>します。<ruby>本日<rt>ほんじつ</rt></ruby>のお<ruby>食事<rt>しょくじ</rt></ruby>は<ruby>和食<rt>わしょく</rt></ruby>と<ruby>洋食<rt>ようしょく</rt></ruby>の<ruby>二種類<rt>にしゅるい</rt></ruby>をご<ruby>用意<rt>ようい</rt></ruby>しております。

shitsurêitashimasu. honjitsu no oshokuji wa washoku to yôshoku no nishurui o goyôishite orimasu.

A: 打擾了，今天我們為您準備了日式和西式兩種餐點。

<ruby>和食<rt>わしょく</rt></ruby>の<ruby>方<rt>ほう</rt></ruby>にお<ruby>魚料理<rt>さかなりょうり</rt></ruby>、<ruby>洋食<rt>ようしょく</rt></ruby>の<ruby>方<rt>ほう</rt></ruby>に<ruby>豚肉料理<rt>ぶたにくりょうり</rt></ruby>をご<ruby>用意<rt>ようい</rt></ruby>させていただきます。

washoku no hô ni osakana ryôri, yôshoku no hô ni butaniku ryôri o goyôisasete itadakimasu.

日式的部分為您準備的是魚料理，西式的部分則是豬肉料理。

お<ruby>客様<rt>きゃくさま</rt></ruby>はどちらになさいますか。

okyakusama wa dochira ni nasaimasu ka?

您想要哪一種呢？

B: うーん、<ruby>和食<rt>わしょく</rt></ruby>で。

ûn......washoku de.

B: 嗯……日式的。

A: かしこまりました。お<ruby>飲<rt>の</rt></ruby>み<ruby>物<rt>もの</rt></ruby>は<ruby>何<rt>なに</rt></ruby>がよろしいでしょうか。

kashikomarimashita. onomimono wa nani ga yoroshii deshôka?

A: 好的。您飲料想要喝些什麼呢？

B: <ruby>何<rt>なに</rt></ruby>がありますか。

nani ga arimasu ka?

B: 有什麼？

A: コーラとオレンジジュース、アップルジュースがございます。

kôra to orenji jûsu, appuru jûsu ga gozaimasu.

A: 有可樂、柳橙汁、蘋果汁。

アルコール<ruby>類<rt>るい</rt></ruby>にビール、<ruby>白<rt>しろ</rt></ruby>ワインと<ruby>赤<rt>あか</rt></ruby>ワインがございます。

arukôrurui ni bîru, shirowain to akawain ga gozaimasu.

酒類的有啤酒、白酒和紅酒。

B: じゃあ、アップルジュース。
jâ, appuru jûsu.

A: かしこまりました。ごゆっくり召し上がってください。
kashikomarimashita. goyukkuri meshiagatte kudasai.

B: 那就蘋果汁。

A: 好的。請慢用。

日本我來了！實用延伸單句會話 🎧 *Track 026*

餐飲服務的時候用	お食事はいつ出ますか。 oshokuji wa itsu demasu ka? 請問何時會送餐？

どうぞおかわりいかがですか。
dôzo okawari ikaga desu ka?
請問要再來一杯嗎？

トレーを下げていただけますか。
torê o sagete itadakemasu ka?
能請你把餐盤收掉嗎？

闔眼休息的時候用

お食事の時に起こしてください。
oshokuji no toki ni okoshite kudasai.
送餐的時候請叫醒我。

お食事が来ても起こさないでください。
oshokuji ga kite mo okosanaide kudasai.
就算到了用餐時間也不要叫醒我。

索取物品的時候用

毛布をもう一枚ください。
môfu o mô ichimai kudasai.
請再給我一條毛毯。

中国語の雑誌はありますか。
chûgokugo no zasshi wa arimasu ka?
請問有中文雜誌嗎？

談論電子設備的時候用

電子機器はいつから使えますか。
denshi kiki wa itsu kara tsukaemasu ka?
電子產品何時能開始使用呢？

▼
在飛機上

03
機上服務　機內サービス

日本我來了！補充單字　 *Track 027*

▶和食 washoku　日式料理

▶洋食 yôshoku　西式料理

▶用意（する）yôi(suru)　準備

▶毛布 môfu　毛毯

▶枕 makura　枕頭

▶耳栓 mimisen　耳塞

▶ヘッドホン heddohon　頭戴式耳機

▶新聞 shinbun　報紙

▶映画 êga　電影

▶電子機器 denshikiki　電子產品

▶起こす okosu　叫醒

▶モニター monitâ　螢幕

▶ブラインド buraindo　遮陽板

▶機內食 kinaishoku　飛機餐

▶機內販売 kinaihanbai　機上販售

溫馨小提示

搭飛機為什麼要吃糖果或小點心？
▼

在飛機起飛和降落時吃點糖果等食品，不斷進行咀嚼和吞嚥的動作，耳咽管會隨時開合，空氣就可自由地出入中耳腔，使得中耳內壓和外界大氣壓力保持正常平衡狀態，耳部不適感就會減輕或消失囉！

もの い
物入れ　置物櫃

つう ろ がわ
通路側　走道邊

まど がわ
窓側　窗邊

ひじ お　ひじ か
肘置き／肘掛け　扶手

まど
窓　窗戶

シート　座椅

きゃく しつ じょう む いん
客室乗務員／
キャビンアテンダント（ＣＡ）
シーエー
空服員

ブラインド　遮陽板　　シートベルト　安全帶　　枕<ruby>まくら</ruby>　枕頭

テーブル　餐桌　モニター　螢幕　　機内食<ruby>きないしょく</ruby>　機上餐點

シートポケット　椅背的置物袋

エチケット袋<ruby>ぶくろ</ruby>／ゲロ袋<ruby>ぶくろ</ruby>　嘔吐袋　ヘッドホン　頭戴式耳機　毛布<ruby>もうふ</ruby>　毛毯

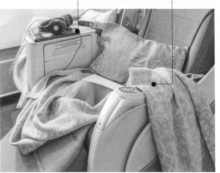

04/ 暈機不適

飛行機酔い
ひこうきよい

A: どうなさいましたか。
dōnasaimashita ka?

B: 飛行機酔いしちゃったみたいで、気分
ひこうきよ　　　　　　　　　　　　　　き ぶん
が悪いです。
わる
hikōki yoi shichatta mitai de, kibun ga warui desu.

A: お薬でも持ってまいりましょうか。
くすり　　も
okusuri demo motte mairimashô ka?

B: はい、お願いします。あと、万が一に
ねが　　　　　　　　まん　いち
備えて、エチケット袋をください。
そな　　　　　　　　ぶくろ
hai, onegaishimasu. ato, man ga ichi ni sonaete,
echikettobukuro o kudasai.

A: かしこまりました。
kashikomarimashita.
肘掛のボタンを押すとリクライニング
ひじかけ　　　　　　お
できますので、シートを倒してゆった
たお
り座った方が少し楽になると思いま
すわ　　ほう　すこ　らく　　　　　　　おも
す。
hijikake no botan o osu to rikurainingu dekimasu
node, shîto o taoshite yuttari suwatta hô ga sukoshi
raku ni naru to omoimasu.

B: そうします。
sô shimasu.

A: 怎麼了嗎？

B: 我好像暈機了，不太舒
服。

A: 需要為您拿藥過來嗎？

B: 麻煩你了。還有，以防
萬一，請給我嘔吐袋。

A: 好的。

按下扶手上的按鈕就能
放下椅背，坐舒服一點
我想應該會好一些。

B: 我會照做的。

日本我來了！實用延伸單句會話 Track 029

說明不適狀態 的時候用	<ruby>吐<rt>は</rt></ruby>きそうです。 hakisō desu. 我想吐。

<ruby>耳<rt>みみ</rt></ruby>がキーンとします。
mimi ga kīn to shimasu.
我在耳鳴。

<ruby>飛行機<rt>ひこうき</rt></ruby><ruby>酔<rt>よ</rt></ruby>いで<ruby>目<rt>め</rt></ruby>が<ruby>回<rt>まわ</rt></ruby>ります。
hikōki yoi de me ga mawarimasu.
我因為暈機感到頭暈。

處理暈機
的時候用

<ruby>酔<rt>よ</rt></ruby>い<ruby>止<rt>ど</rt></ruby>め <ruby>薬<rt>ぐすり</rt></ruby> はありますか。
yoidome gusuri wa arimasu ka?
請問有暈機藥嗎？

<ruby>酔<rt>よ</rt></ruby>い<ruby>止<rt>ど</rt></ruby>め <ruby>薬<rt>ぐすり</rt></ruby> をいただけますか。
yoidome gusuri o itadakemasu ka?
能給我暈機藥嗎？

どこか<ruby>横<rt>よこ</rt></ruby>になれるスペースはありますか。
doko ka yoko ni nareru supēsu wa arimasu ka?
哪裡有空間可以讓我躺下休息嗎？

日本我來了！補充單字　 🎦 Track 030

▶乗り物酔い　norimonoyoi　搭乘交通工具時產生的不適

▶飛行機酔い　hikôkiyoi　暈機

▶船酔い　funayoi　暈船

▶車酔い　kurumayoi　暈車

▶酔い止め薬　yoidomegusuri　暈車藥

▶エチケット袋／ゲロ袋　echikettobukuro／gerobukuro　嘔吐袋

▶リクライニング　rikurainingu　放倒（椅背）

▶万が一に備える　man ga ichi ni sonaeru　以防萬一

▶気分が悪い／気持ちが悪い

　kibun ga warui／kimochi ga warui　身體不適

▶楽になる　raku ni naru　變輕鬆

▶耳鳴り　miminari　耳鳴

▶吐き気　hakike　想吐

▶目が回る　me ga mawaru　頭暈

▶横になる　yoko ni naru　躺下

溫馨小提示

避免暈機的小撇步

❶ 登機前至少服用500毫克的維生素。

❷ 儘量限制吃糖的量。雖然吃含糖的食物一時會比較有精神，但還是不要吃太多。

❸ 吃東西時細嚼慢嚥，以免消化不良。

❹ 在飛機起飛前4小時直到飛機降落期間，盡量少吃流質的食物。

❺ 經常摸摸腳趾、扭扭身體，伸個懶腰，促進血液循環。

05 找洗手間
トイレ探し

A: すみません、トイレはどちらに？
sumimasen, toire wa dochira ni?

B: 客席のすぐ後ろにございます。ご案内いたしましょうか。
kyakuseki no sugu ushiro ni gozaimasu. goannaiitashimashô ka.

A: 大丈夫です。自分で行きます。
daijôbu desu. jibun de ikimasu.

（しばらくして）

A: すみません、後ろのトイレには人が入ってるので、ほかのはあります？
sumimasen, ushiro no toire ni wa hito ga haitteru node, hoka no wa arimasu?

B: 少し遠くになりますが、前の方もございます。
sukoshi tôku ni narimasu ga, mae no hô mo gozaimasu.

A: じゃ、案内していただけますか。
jya, annaishite itadakemasu ka?

B: もちろんでございます。こちらへどうぞ。
mochiron degozaimasu. kochira e dôzo.

A: 不好意思，請問洗手間在哪？

B: 就在客艙的後頭，需要我帶您去嗎？

A: 沒關係，我自己去。

（過了一會）

A: 不好意思，後頭的洗手間有人在用，還有其他的嗎？

B: 雖然會稍微遠一點，但前面也有。

A: 那可以請你帶我過去嗎？

B: 當然，這邊請。

詢問洗手間 的時候用	**トイレはどこですか。** toire wa doko desu ka? 請問洗手間在哪？

そちらのトイレは使用中でございます。
sochira no toire wa shiyōchū degozaimasu.
那間洗手間有人。

トイレが空いたら声をかけていただけますか。
toire ga aitara koe o kakete itadakemasu ka?
在廁所沒人了的時候可以請你跟我說一聲嗎？

前往洗手間 的時候用	**すみません、ちょっと通してください。** sumimasen, chotto tōshite kudasai. 不好意思，請借我過一下。

ただいま揺れておりますので、しばらくお待ちください。
tadaima yurete orimasu node, shibaraku omachikudasai.
現在機身有些搖晃，請稍等一會。

使用洗手間 的時候用	**入っています。** haitte imasu. 有人。

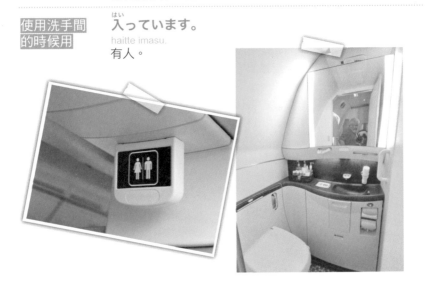

日本我來了！補充單字　🎵 *Track 033*

▶ トイレ／お手洗い　toire／otearai　洗手間

▶ トイレットペーパー　toirettopêpâ　衛生紙

▶ 便器　benki　馬桶

▶ 便座　benza　馬桶座

▶ 洗浄便座／ウォシュレット　senjôbenza／woshuretto　免治馬桶

▶ タンク　tanku　水箱

▶ レバー　rebâ　沖水把手

▶ 洗面台　senmendai　洗手台

▶ せっけん　sekken　肥皂

▶ ハンドソープ　handosôpu　洗手乳

▶ 使用中　shiyôchû　使用中

▶ 流す　nagasu　沖去、沖水

▶ 声をかける　koe o kakeru　搭話、説話

【溫馨小提示】

飛機廁所的秘密

知道為什麼飛機上的廁所是用真空馬桶，而不是一般家裡的抽水馬桶嗎？首先是因為比較省水。真空馬桶每沖一次只需要240毫升的水。水裝得越少，飛機的重量就越輕，飛行效率也就越高。此外，真空馬桶沖水的原理是利用機艙內外的氣壓差，通過每秒30公尺的速度，把排泄物送入位於飛機後部的儲存艙。也就是説，按下沖水鍵後，被帶走的除了本來就應該帶走的東西外，廁所內的空氣也會一起帶走，所以你會發現飛機上的廁所通常都不怎麼臭。

06

入国カード
にゅう こく

日本我來了！臨場感100%情境對話　🔘 *Track 034*

A: ただいまより 入国カードの配布を 行
　　にゅうこく　　　　はい ふ　　　おこな
わせていただきます。
tadaima yori nyûkoku kâdo no haifu o okonawasete itadakimasu.

A: 現在開始分發入境卡。

必要なお 客 様はお気軽にお声がけくだ
ひつよう　　きゃくさま　　き がる　　こえ
さい。
hitsuyô na okyakusama wa okigaru ni okoegakekudasai.

需要的乘客請隨意出聲索取。

B: 一枚ください。
　　いちまい
ichimai kudasai.

B: 請給我一張。

A: どうぞ。
dôzo.

A: 請。

B: 中国語版のはないのですか。
　　ちゅうごく ご ばん
chûgokugoban no wa nai no desu ka?

B: 沒有中文版的嗎？

A: 申し訳ございません。もう英語版しか
　　もう わけ　　　　　　　　　　えい ご ばん
残っておりません。
　のこ
môshiwakegozaimasen. mô êgoban shika nokotte orimasen.

A: 非常抱歉，只剩下英文版的了。

B: そうですか。じゃ、仕方ありません。
　　　　　　　　　　　し かた
sôdesu ka. jya, shikata arimasen.

B: 這樣啊，好吧。

▼
在飛機上

06
入境表格　入国カード

日本我來了！實用延伸單句會話 ● *Track 035*

| 索取表格的時候用 | 入国カードをください。 |

にゅうこく

nyūkoku kādo o kudasai.

請給我入境卡。

| 填寫表格的時候用 | ペンをお借りしてもいいですか。 |

か

pen o okarishite mo ii desu ka?

可以跟你借支筆嗎？

この入国カードはどう記入すればいいのですか。

にゅうこく　　　　　　　き　にゅう

kono nyūkoku kādo wa dō kinyūsureba ii no desu ka?

這張入境卡要怎麼填寫啊？

書き方を教えていただけませんか。

か　　かた　　おし

kakikata o oshiete itadakemasen ka?

可以請你教我怎麼寫嗎？

この空欄は何のためですか。

くうらん　　なん

kono kūran wa nan no tame desu ka?

這個空欄要填什麼？

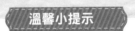
▶ 入国カード nyûkoku kâdo 入境卡
しめい
▶ 氏名 shimê 姓名
こくせき
▶ 国籍 kokuseki 國籍
せいねんがっぴ
▶ 生年月日 sênengappi 出生年月日
げんじゅうしょ
▶ 現住所 genjûsho 現居所
れんらくさき
▶ 連絡先 renrakusaki 聯絡地址
びんめい
▶ 便名 binmê 班機名稱
しょめい
▶ 署名 shomê 簽名
りょけんばんごう
▶ 旅券番号 ryokenbangô 護照號碼

とこうもくてき
▶ 渡航目的 tokômokuteki 入境目的
かんこう
▶ 観光 kankô 觀光
しょうよう
▶ 商用 shôyô 商務
しんぞくほうもん
▶ 親族訪問 shinzokuhômon 探望家人
▶ トランジット toranjitto 過境
た
▶ その他 sonota 其他
たいざい よ てい き かん
▶ 滞在予定期間 taizaiyotêkikan 預計停留時間

溫馨小提示

過境停留的時候……
▼

即使只是過境不需轉機，視機場不同，需要辦的手續也不同。有些時候必須把行李領出來、再經過一次檢查再度託運，也有時候必須長途跋涉到另一個航廈，雖然搭的飛機明明是同一台。相反地，也有非常輕鬆的過境情況，下飛機什麼也不用做，甚至隨身行李都丟在飛機上也沒關係，吃吃晃晃又可以回到飛機上。不太清楚過境有哪些步驟的話，可以先和服務人員詢問清楚，他們都會親切地告訴你的。

▼ 在飛機上 **06** 入境表格 入国カード にゅうこく

日本我來了！日本入境申告書

日文正面

中文正面

日文正面（A面）

日本国税関
税関様式C第5360号

携帯品・別送品申告書

下記及び裏面の事項について記入し、税関職員へ提出してください。
家族が同時に検査を受ける場合は、代表者が1枚提出してください。

搭乗機（船舶）名		出 発 地	
入 国 日	年	月	日
	フリガナ		
氏　　名			
現住所 （日本での 滞在先）			
	電　話	（　　　）	
職　　業			
生年月日	年	月	日
旅券番号			

同伴家族	20歳以上　名	6歳以上20歳未満　名	6歳未満　名

※ 以下の質問について、該当する□に✔でチェックしてください。

1. 下記に掲げるものを持っていますか？	はい	いいえ
① 日本への持込みが禁止又は制限されているもの（B面を参照）	□	□
② 免税範囲（B面を参照）を超える購入品・お土産品・贈答品など	□	□
③ 商業貨物・商品サンプル	□	□
④ 他人から預かったもの	□	□

＊上記のいずれかで「はい」を選択した方は、B面に入国時
に携帯して持ち込むものを記入してください。

2. 100万円相当額を超える現金又は有価証券などを持っていますか？	はい	いいえ
	□	□

＊「はい」を選択した方は、別途「支払手段等の携帯輸出・
輸入申告書」を提出してください。

3. 別送品	入国の際に携帯せず、郵送などの方法により別に 送った荷物（引越荷物を含む。）がありますか？	
	□ はい（　　　個）	□ いいえ

＊「はい」を選択した方は、入国時に携帯して持ち込むものを
B面に記載したこの**申告書を2部**、税関に提出して、税関の
確認を受けてください。（入国後6か月以内に輸入するもの
に限る。
<u>税関の確認を受けた申告書は、別送品を通関する際に必要と
なります。</u>

《注意事項》
海外で購入したもの、預かってきたものなど日本に持ち込む携
帯品・別送品については、法令に基づき、税関に申告し、必要
な検査を受ける必要があります。申告漏れ、偽りの申告などの
不正な行為がありますと、処罰されることがありますので注意
してください。

この申告書に記載したとおりである旨申告します。

署　名

中文正面（A面）

日本國稅關
海關樣式C第5360─E號

攜帶品・另外寄送的物品 申告書

請填寫下列與背面表格，並提交海關人員。
家族同時過關時只需要由代表者填寫一份申告書。

搭乗班機（船舶）名		出 發 地	
入 國 日	年	月	日
	英 文 名		
姓　　名			
現在日本 住宿地點			
	電　話	（　　　）	
國　　籍		職　業	
出生年月日	年	月	日
護照號碼			

同行家人	20歳以上　人	6歳以上20歳未満　人	6歳未満　人

※ 回答以下問題，請在□內打"✔"記號。

1. 您持有以下物品嗎？	是	否
① 禁止或限制攜入日本的物品（參照B面）	□	□
② 超過免稅範圍（參照B面）的購買品、名產 或禮品等	□	□
③ 商業貨物、商品樣本	□	□
④ 他人託帶物品	□	□

＊上述問題中，有選擇「是」者，請在B面填寫您入國時攜帶的物
品。

2. 您現在攜帶超過100萬日圓價值的現金 或有價證券嗎？	是	否
	□	□

＊選擇「是」者，另外提交「支付方式等攜帶進口申告書」。

3. 另外寄送 的物品	您是否有入國時未隨身攜帶、但以郵寄等方式， 另外寄達日本的行李（包括搬家用品）？	
	□ 是（　　　個）	□ 否

＊選擇「是」者，請把入國時攜帶入境的物品記載於B
面，並向海關提出此**申告書2份**，由海關確認。（限入國後
六個月內之輸入物品）
<u>另外寄送的物品通關時，需要海關確認過的申告書。</u>

《注意事項》
在國外購買的物品、受人託帶的物品等，要帶進我國時，
依據法令，須向海關申告且接受必要檢查，敬請合作。
另外，漏申告者或是虛偽申告等行為，可能受到處罰，敬
請多加留意。

茲聲明以上申告均屬正確無誤。

旅客簽名

日文背面

(B面)

※入国時に携帯して持ち込むものについて、下記の表に記入してください。（A面の1．及び3．ですべて「いいえ」を選択した方は記入する必要はありません。）

(注)　「その他の品名」欄は、個人的使用に供する購入品等に限り、1品目毎の海外市価の合計額が1万円以下のものは記入不要です。
また、別送した荷物の詳細についても記入不要です。

酒　　　類			本	＊税関記入欄
たばこ	紙　巻		本	
	葉　巻		本	
	その他		グラム	
香　　　水			オンス	
その他の品名	数　量	価　格		
＊税関記入欄			円	

◎ 日本への持込みが禁止されているもの
① 麻薬、向精神薬、大麻、あへん、覚醒剤、MDMAなど
② 拳銃等の銃砲、これらの銃砲弾や拳銃部品
③ 爆発物、火薬類、化学兵器原材料、炭疽菌等の病原体など
④ 貨幣・紙幣・有価証券・クレジットカードなどの偽造品など
⑤ わいせつ雑誌、わいせつDVD、児童ポルノなど
⑥ 偽ブランド品、海賊版などの知的財産侵害物品

◎ 日本への持込みが制限されているもの
① 猟銃、空気銃及び日本刀などの刀剣類
② ワシントン条約により輸入が制限されている動植物及びその製品（ワニ・ヘビ・リクガメ・象牙・じゃ香・サボテンなど）
③ 事前に検疫確認が必要な生きた動植物、肉製品（ソーセージ・ジャーキー類を含む。）、野菜、果物、米など
　＊事前に動物・植物検疫カウンターでの確認が必要です。

◎ 免税範囲（乗組員を除く）
・酒類3本（760ml／本）
・紙巻たばこ。外国製及び日本製各200本
（非居住者の方の場合は、それぞれ2倍となります。）
　＊20歳未満の方は酒類とたばこの免税範囲はありません。
・香水2オンス（1オンスは約28ml）
・海外市価の合計額が20万円の範囲に納まる品物
（入国者の個人的使用に供するものに限る。）
　＊海外市価とは、外国における通常の小売価格（購入価格）です。
　＊1個で20万円を超える品物の場合は、その全額に課税されます。
　＊6歳未満のお子様は、おもちゃなど子供本人が使用するもの以外は免税になりません。

日本に入国（帰国）されるすべての方は、法令に基づき、この申告書を税関に提出していただく必要があります。

中文背面

(B面)

※ 關於您入國時攜帶入境之物品，請填寫下表。
(A面的1項及3項全部回答"否"者，不必填寫)

(註)　「其他物品名」欄者，以個人使用的購入品為限，若國外市價每個低於約1萬日圓者，則不須填寫。另外寄送的物品細目也不須填寫。

酒　　　類			瓶	＊海關填寫欄
煙　草	香煙		支	
	雪茄		支	
	其他		克	
香　　　水			盎司	
其他物品名	數　量	價　格		
＊海關填寫欄				
			日圓	

◎ 禁止攜入日本主要的物品
① 毒品、影響精神藥物、大麻、鴉片、興奮劑、MDMA等
② 手槍等槍砲、其子彈或手槍零件
③ 炸藥等爆裂物的火藥類，化學武器原料，炭疽菌等病原體等
④ 貨幣、紙幣、有價證券、信用卡等物品的偽造品
⑤ 猥褻雜誌、猥褻DVD、兒童色情刊物等
⑥ 仿冒品、盜版等侵害智慧財產的物品

◎ 限制攜入日本主要的物品
① 獵槍、空氣槍及日本刀等刀劍類
② 華盛頓條約中限制進口的動植物及其產品（鱷魚、蛇、陸龜、象牙、麝香、仙人掌等）
③ 事先須檢疫確認的動植物、肉類製品（包含香腸、肉乾類）、蔬菜、水果、米等
　＊須事先在動、植物檢疫櫃檯確認。

◎ 免稅範圍（組員除外）
・酒類3瓶（760ml／瓶）
・香煙、外國製及日本製各200支（非居留者可各帶2倍數量）
　＊未滿20歲者，酒類和煙草不在此免稅範圍
・香水2盎司（1盎司約28ml）
・國外市價合計金額在20萬日圓以內的物品。
（以入國者的個人使用物品為限。）
　＊國外市價指的是外國通常零售價（購買價格）。
　＊單件超過20萬日圓時，將全額課稅。
　＊未滿6歲的孩童、本人使用的玩具等物品以外不可免稅。

所有進入日本（或回國）之旅客，依據法令，必需向海關提出本申告書。

日本我來了！外國人入境記錄

正面

外国人入国記録　DISEMBARKATION CARD FOR FOREIGNER　外國人入境記錄

英語又は日本語で記載して下さい。Enter information in either English or Japanese　請用英文或日文填寫。

【ARRIVAL】

氏　名 Name 姓名	Family Name 姓(英文)		Given Names 名(英文)	
生 年 月 日 Date of Birth 出生日期	Day 日期 Month 月份　　Year 年 年度	現 住 所 Home Address 現住址	国名 Country name 國家名	都市名 City name 城市名

| 渡 航 目 的
Purpose of visit
入境目的 | ☐ 観光 Tourism 旅遊　☐ 商用 Business 商務　☐ 親族訪問 Visiting relatives 探親
☐ その他 Others 其他目的 (　　　　　　　　　　　) | 航空機便名・船名 Last flight No./Vessel 抵達航班號
日本滞在予定期間 Intended length of stay in Japan 預定停留期間 | |

| 日本の連絡先
Intended address in Japan
在日本的聯絡處 | | TEL 電話號碼 |

裏面の質問事項について、該当するものに✓を記入して下さい。Check the boxes for the applicable answers to the questions on the back side
對反面的提問事項，若有符合的請打勾。

1. 日本での退去強制歴・上陸拒否歴の有無 Any history of receiving a deportation order or refusal of entry into Japan 在日本有無被強制遣返和拒絕入境的經歷	☐ はい Yes 有 　☐ いいえ No 無
2. 有罪判決の有無（日本での判決に限らない） Any history of being convicted of a crime (not only in Japan) 有無被判決有罪的記錄（不僅限於在日本的判決）	☐ はい Yes 有 　☐ いいえ No 無
3. 規制薬物・銃砲・刀剣類・火薬類の所持 Possession of controlled substances, guns, bladed weapons, or gunpowder 持有違禁藥物、槍炮、刀劍類、火藥類	☐ はい Yes 有 　☐ いいえ No 無

以上の記載内容は事実と相違ありません。I hereby declare that the statement given above is true and accurate. 以上填寫內容屬實、絕無虛假。

著名 Signature 簽名

背面

E.D.No.出入国記録番号　区分
HTYT 8280016　61

【質問事項】 [Questions] 【提問事項】

1. あなたは，日本から退去強制されたこと，出国命令により出国したこと，又は，日本への上陸を拒否されたことがありますか？
Have you ever been deported from Japan, have you ever departed from Japan under a departure order, or have you ever been denied entry to Japan?
您是否曾經有過被日本國強制性的遣送離境、被命令出國、或者被拒絕入境之事？

2. あなたは，日本国又は日本国以外の国において，刑事事件で有罪判決を受けたことがありますか？
Have you ever been found guilty in a criminal case in Japan or in another country?
您以前在日本或其他國家是否有過觸犯刑法並被判處有罪的經歷？

3. あなたは，現在，麻薬，大麻，あへん若しくは覚せい剤等の規制薬物又は銃砲，刀剣類若しくは火薬類を所持していますか？
Do you presently have in your possession narcotics, marijuana, opium, stimulants, or other controlled substance, swords, explosives or other such items?
您現在是否攜有麻藥、大麻、鴉片及興奮劑等限制藥物或槍枝、刀劍及火藥類？

官用欄
Official Use Only

* KA6HTYT828001661 *

01 轉機換乘
乗り継ぎ

日本我來了！臨場感100%情境對話 　🎧 *Track 037*

A: すみません、国内線への乗り継ぎはどの方向ですか。

sumimasen, kokunaisen e no noritsugi wa dono hôkô desu ka?

B: こちらからでございます。入国の矢印に従ってお進みください。

kochira kara degozaimasu. nyûkoku no yajirushi ni shitagatte osusumikudasai.

A: 入国？　乗り継ぎじゃなくて？

nyûkoku? noritsugi ja nakute?

B: はい。国内線への乗り継ぎは入国手続きを行ってからですので。

hai. kokunaisen e no noritsugi wa nyûkoku tetsuduki o okonatte kara desu node.

A: そうなんですか。

sô nan desu ka.

B: ついでながら、お預けのお荷物がございましたら、そちらもいったん引き取っていただいて、ご搭乗になられる航空会社のカウンターでもう一度お預けになるという形になっております。

tsuide nagara, oazuke no onimotsu ga gozaimashitara, sochira mo ittan hikitotte itadaite, gotôjô ni narareru kôkûgaisha no kauntâ de mô ichido oazuke ni naru to iu katachi ni natte orimasu.

A: 分かりました。ありがとうございます。

wakarimashita. arigatôgozaimasu.

A: 不好意思，請問轉乘國內航線是往哪個方向？

B: 是往這邊。請順著入境的箭頭指示前進。

A: 入境？不是轉機嗎？

B: 對，因為是在辦理完入境手續之後才轉乘國內線。

A: 原來如此。

B: 順便一提，若您有託運行李的話，也需先領取行李，再到您搭乘的航空公司櫃台重新辦理託運。

A: 我知道了，謝謝。

日本我來了！實用延伸單句會話 🎬 *Track 038*

轉機的時候用

とうきょう の つ い
東 京 乗り継ぎでハワイに行きます。
tōkyō noritsugi de hawai ni ikimasu.
我要在東京轉機去夏威夷。

くうこう そと で
空港の外に出られますか。
kūkō no soto ni deraremasu
ka?
可以出機場嗎？

の つ いち ど にゅうこく
乗り継ぎには一度 入 国
ひつよう
する必要はありますか。
noritsugi ni wa ichido
nyūkokusuru hitsuyō wa
arimasu ka?
轉機必須先辦理入境嗎？

**在轉機櫃檯
的時候用**

エーゼットひゃくにじゅうさんびん の つ
ＡＺ１２３便の乗り継ぎカウン
ターはどちらにありますか。
ēzetiohyakunijūsan bin no noritsugi kauntā
wa dochira ni arimasu ka?
請問AZ123號班機的轉機櫃檯在哪裡？

のりつぎびん ま あ
乗継便に間に合いますか。
noritsugibin ni ma ni aimasu ka?
我趕得上轉機嗎？

のりつぎびん のが なに て
乗継便を逃しそうです。何か手はありますか。
noritsugibin o nogashisō desu. nani ka te wa arimasu ka?
我快趕不上轉機了，你有沒有什麼辦法？

の つ
どこで乗り継げばいいのですか。
doko de noritsugeba ii no desu ka?
我應該在哪裡轉機？

くうこう と
この空港にはどのぐらい止まりますか。
kono kūkō ni wa dono gurai tomarimasu ka?
在這個機場大概會停留多久？

▶乗り継ぐ noritsugu 轉乘

▶目的地 mokutekichi 目的地

▶国内線 kokunaisen 國內航線

▶国際線 kokusaisen 國際航線

▶入国（する） nyûkoku(suru) 入境

▶出国（する） shukkoku(suru) 出境

▶乗継便 noritsugibin 轉機航班（第三地換機）、轉乘的班機

▶経由便 kêyubin 轉機航班（原機第三地過境）

▶直行便 cyokkôbin 直飛航班

▶ターミナル tâminaru 航廈

▶乗り継ぎ客 noritsugikyaku 過境旅客

▶形 katachi 形式

▶逃す nogasu 錯過、放走

▶手 te 方法、手段

溫馨小提示

轉機的時候……

乘坐國際航班，有時會需要轉機才能到達目的地。如果要搭的飛機不久後馬上要開，不必出機場，在辦理轉機手續的櫃台即可辦理登記手續。但若飛機還要過好一陣子才會開，許多國家規定，只要辦妥轉機手續，即使沒有過境簽證，也可以離開機場去觀光。

那麼如果當天沒有可以轉乘的飛機呢？旅客就只好在轉機的地方過夜了，乘客的膳宿一般由當地的航空公司安排。如果是由於航空公司方面延誤原定的衛接時間，航空公司會免費提供膳宿、交通，並負責安排好旅客接下來的行程衛接。

02 辦理入境
入国審査
にゅう こく しん さ

A: 次の方、どうぞ。パスポートと入国カードをお願いします。
つぎ かた　　　　　　　　　　　　　　　　にゅうこく　　　ねが

tsugi no kata, dôzo. pasupôto to nyûkoku kâdo o onegaishimasu.

A: 下一位，這邊請。請給我您的護照和入境卡。

B: どうぞ。

dôzo.

B: 請。

A: 写真を撮らせていただきますね。こちらをご覧になってください。
しゃしん と　　　　　　　　　　　　　　　　　らん

shashin o torasete itadakimasu ne. kochira o goran ni natte kudasai.

A: 要幫您拍張照喔，請看這邊。

B: はい。

hai.

B: 好的。

A: 次は、両手の人差し指でこことここをお押しください。
つぎ りょうて ひとさ ゆび　　　　　　　　　　　お

tsugi wa, ryôte no hitosashiyubi de koko to koko o ooshikudasai.

A: 接下來，請用兩手食指按壓這裡和這裡。

B: こうですか。

kô desu ka?

B: 這樣嗎？

A: はい。ＯＫです。
オッケー

hai. okkê desu.

A: 對。可以了。

日本へようこそ。どうぞお進みください。
に ほん　　　　　　　　　　　　　　すす

nihon e yôkoso. dôzo osusumikudasai.

歡迎來到日本。您可以前進了。

日本我來了！實用延伸單句會話 🎵 Track 041

詢問旅行目的時用

旅の目的は何ですか。
tabi no mokuteki wa nan desu ka?
您這趟旅行的目的是什麼呢？

仕事です。
shigoto desu.
工作。

詢問停留時間的時候用

どれくらい滞在する予定ですか。
dore kurai taizaisuru yotê desu ka?
您預計停留多久呢？

5日間滞在します。
itsukakan taizaishimasu.
我將停留5天。

詢問留宿地點的時候用

滞在先はどこですか。
taizaisaki wa doko desu ka?
您會住在哪裡呢？

友達の家です。
tomodachi no ie desu.
朋友家。

詢問回程機票的時候用

帰りの航空券はお持ちですか。
kaeri no kôkûken wa omochi desu ka?
您有回程的機票嗎？

順利抵達 ❷ 辦理入境 入国審査 にゅうこくしんさ

▶ 入国審査 にゅうこくしんさ nyûkokushinsa 入境審查

▶ ビザ biza 簽證

▶ 団体ツアー だんたい dantaitsuâ 團體旅行

▶ 個人旅行 こじんりょこう kojinryokô 自由行

▶ 目的 もくてき mokuteki 目的

▶ 観光 かんこう kankô 觀光

▶ 遊ぶ あそ asobu 遊玩

▶ 旅行（する）／旅 りょこう／たび ryokô(suru)／tabi 旅行

▶ 仕事（する） しごと shigoto(suru) 工作

▶ 留学（する） りゅうがく ryûgaku(suru) 留學

▶ 訪ねる たず tazuneru 拜訪

▶ 滞在（する） たいざい taizai(suru) 停留

▶ ホテル hoteru 旅館

▶ 家 いえ ie 家

▶ 両手 りょうて ryôte 兩手

▶ 人差し指 ひと さ ゆび hitosashiyubi 食指

▶ ようこそ yôkoso 歡迎

03 行李領取
荷物受取
に もつ うけ とり

日本我來了！臨場感100%情境對話 🔘 *Track 043*

A: すみません、私の荷物が出てこないのですが……。
わたし　に もつ　で
sumimasen, watashi no nimotsu ga dete konai no desu ga…….

A: 不好意思，我的行李沒有出來。

B: ご搭乗になられた飛行機の便名をお願いします。
とうじょう　　ひこうき　びんめい　ねが
gotôjô ni narareta hikôki no binmê o onegaishimasu.

B: 請給我您所搭乘的班機號碼。

A: ＡＺ１２３です。
エーゼットひゃくにじゅうさん
êzetto hyakunijûsan desu.

A: AZ123。

B: 見た目はどんな感じでございますか。
み　め　　　　かん
mitame wa donna kanji de gozaimasu ka?

B: 外觀是怎樣的感覺呢？

A: オレンジ色のハードスーツケースで、ハンドルのところにバゲージタグが付けてあります。
いろ
つ
orenjiiro no hâdo sûtsukêsu de, handoru no tokoro ni bagêjitagu ga tsukete arimasu.

A: 是個橘色的硬殼行李箱，把手的部分掛著行李吊牌。

B: ご迷惑をおかけしまして、申し訳ございません。
めいわく　　　　　　　　もう　わけ
gomêwaku o okakeshimashite,môshiwakegozaimasen.

B: 造成您的不便，我們深感歉意。

現在調査中でございますので、少々お待ちください。
げんざい ちょう さ ちゅう
しょうしょう　ま
genzai chôsachû degozaimasu node, shôshô omachikudasai.

現在正在為您調查，請您稍後。

お待ちの間、こちらの手荷物紛失証明書の記入にご協力ください。
ま　　　あいだ　　　　　　て に もつふんしつしょう
めいしょ　き にゅう　　　きょうりょく
omachi no aida, kochira no tenimotsu funshitsu shômêsho no kinyû ni gokyôryokukudasai.

在等候的期間，請協助填寫這邊的行李意外報告表。

A: 分かりました。
わ
wakarimashita.

A: 我知道了。

日本我來了！實用延伸單句會話　⊙ Track 044

行李遺失的 時候用	荷物が見つからないのですが……。 nimotsu ga mitsukaranai no desu ga…… 我找不到我的行李……。

無くしたお荷物はいくつございますか。
nakushita onimotsu wa ikutsu gozaimasu ka?
您遺失的行李有幾件呢？

必要なものを買って、後で請求してもいいでしょ
うか。
hitsuyō na mono o katte, ato de sēkyūshite mo ii deshō ka?
我可以先購買必需品，之後再向你們請款嗎？

荷物が見つかったら、すぐ私の泊まっているホテ
ルに届けてください。
nimotsu ga mitsukattara, sugu watashi no tomatte iru hoteru ni
todokete kudasai.
找到行李之後請立刻送至我所住的旅館。

出示行李存根 的時候用	これがクレームタグです。 kore ga kurēmutagu desu. 這是行李存根。
描述行李的 時候用	お荷物の見た目を教えていただいてもよろしいで しょうか。 onimotsu no mitame o oshiete itadaite mo yoroshii deshō ka? 能請您告訴我行李的外觀嗎？
行李損壞的 時候用	私のスーツケースが壊れています。 watashi no sūtsukēsu ga kowarete imasu. 我的行李箱壞了。

▶受け取る uketoru 領取

▶ターンテーブル tântêburu 轉盤

▶クレームタグ kurêmutagu 行李存根

▶ロストバゲージ rosutobagêji 行李遺失

▶見た目 mitame 外觀

▶ハードスーツケース hâdosûtsukêsu 硬殼行李箱

▶ソフトスーツケース sofutosûtsukêsu 軟殼行李箱

▶バゲージタグ／ラゲージタグ bagêjitagu／ragêjitagu 行李吊牌

▶ネームタグ nêmutagu 姓名吊牌

▶手荷物紛失証明書（PIR）

tenimotsufunshitsushômêsho 行李意外報告表

▶請求（する） sêkyû(suru) 請款

▶協力（する） kyôryoku(suru) 協助

▶迷惑をかける mêwaku o kekeru 添麻煩

◖◖ 溫馨小提示 ◗◗

行李丟失或損壞怎麼辦？

❶ 持機票、登機證、行李標籤和身分證明，到行李提領處（バゲージクレーム）的櫃台申報，協助工作人員填寫行李運輸事故紀錄單（PIR）。

❷ 若行李損壞到完全無法修理，有些航空公司會理賠一個新的行李箱給你，有些則以每年10%的折舊率，根據行李購買的年份換算現金賠償。

❸ 國際航空運輸協會規定：行李在國際運輸過程中受到損害，應於損害發生7日內以書面向運送人提出申訴。但最好在機場就反映，否則事後還需要另外填寫一份報告書解釋為何沒有立刻發現行李毀損。

04 海關申報
税関申告
ぜい かん しん こく

A: 入国のお客様は申告書をご記入の上、検査台へお進みください。
にゅうこく　　きゃくさま　　しんこくしょ　　き にゅう　　けん さ だい　　　すす

nyûkoku no okyakusama wa shinkokusho o gokinyû no ue, kensadai e osusumikudasai.

A: 入境的旅客請先填寫好申報表再前往檢查台。

B: パスポートと申告書をお願いします。
しんこくしょ　　ねが

pasupôto to shinkokusho o onegaishimasu.

B: 請給我您的護照和申報表。

C: どうぞ。

dôzo.

C: 請。

B: お荷物を開けて、中を見せていただけますか。
に もつ　　あ　　　なか　み

onimotsu o akete, naka o misete itadakemasu ka?

B: 能請您打開行李，讓我看看裡面的東西嗎？

C: はい、今開けます。
いま あ

hai, ima akemasu.

C: 好的，我現在開。

B: 申し訳ございません。海外から日本国内への肉製品の持ち込みは禁止されておりますので、こちらの品物は没収させていただきます。
もう　わけ　　　　　　　　　　かいがい　　　に ほんこく
ない　　にくせいひん　　も　こ　　　きん し　　　　　　　　　　　　　　　　　　　しなもの　　ぼっしゅう

môshiwakegozaimasen. kaigai kara nihon kokunai e no nikusêhin no mochikomi wa kinshisarete orimasu node, kochira no shinamono wa bosshusasete itadakimasu.

B: 非常抱歉，從海外攜帶肉類製品進入日本國內是被禁止的，所以這邊的東西我們要沒收。

C: そうなんですか。分かりました。
わ

sô nan desu ka. wakarimashita.

C: 這樣啊，我知道了。

**前往檢查台
的時候用**

申告する必要のないお客様は緑の検査台へお進み
ください。

shinkokusuru hitsuyō no nai okyakusama wa midori no kensadai e
osusumikudasai.

不需申報的旅客請前往綠色檢查台。

申報的時候用

何か申告するものはありますか。

nani ka shinkokusuru mono wa arimasu ka?

有什麼需要申報的東西嗎？

申告するものは何もありません。

shinkokusuru mono wa nani mo arimasen.

我沒有任何需要申報的東西。

所持金はいくらですか。

shojikin wa ikura desu ka?

您現在持有的金額是多少呢？

**提及攜帶的
物品時用**

これは何ですか。

kore wa nan desu ka?

這個做什麼的？

私の身の回りのものです。

watashi no mi no mawari no mono desu.

是我的私人物品。

これは課税の対象です。

kore wa kazē no taishō desu.

這需要課稅。

別送の荷物はありますか。

bessō no nimotsu wa arimasu ka?

您有額外寄送的行李嗎？

日本我來了！補充單字 🎧 *Track 048*

▶ 税関 zêkan 海關

▶ 税金 zêkin 税金

▶ 課税（する） kazê 課税

▶ 申告 shinkoku 申報

▶ 検査台 kensadai 檢查台

▶ 携帯品 kêtaihin 攜帶物品

▶ 別送品 bessôhin 另外寄送的物品

▶ 所持金 shojikin 所持金額

▶ 品物 shinamono 物品、商品

▶ 荷物チェック（する） nimotsuchekku(suru) 行李檢查

▶ 検疫（する） ken'eki(suru) 檢疫

▶ 探知犬 tanchiken 搜查犬

▶ 持ち込み禁止 mochikomikinshi 禁止攜入

▶ 許す yurusu 允許

▶ 没収 bosshû 沒收

溫馨小提示

一般而言，哪些東西攜帶入境時要注意？

許多國家限制攜帶入境數量，但一定數量內可免税（需申報）
的物品：
❶ 香煙、雪茄、菸絲　❷ 葡萄酒或其他酒類　❸ 香水

一般禁止攜帶：
❶ 麻醉劑、毒品、武器　❷ 農畜水產品

05 兌換外幣
両替
りょう がえ

日本我來了！臨場感100%情境對話 　　● *Track 049*

A: すみません、どこか両替できるところ
はありますか。
りょうがえ
sumimasen, doko ka ryôgaedekiru tokoro wa
arimasu ka?

A: 不好意思，請問有哪裡
可以換錢的嗎？

B: 二階にある両替所でできます。
にかい　　　　りょうがえじょ
nikai ni aru ryôgaejo de dekimasu.

B: 二樓的兌換處可以。

（両替所にて）
りょうがえじょ

（在兌換處）

A: 台湾元を日本円に両替したいのです
たいわんげん　にほんえん　りょうがえ
が、今日の交換レートはいくらですか。
きょう　こうかん
taiwan gen o nihon en ni ryôgaeshitai no desu ga.
kyô no kôkanrêto wa ikura desu ka?

A: 我想將台幣換成日幣，
請問今天的匯率是多
少？

B: 1元3.14円となります。
いちげんさん　いちよんえん
ichi gen san ten ichi yon en to narimasu.

B: 1台幣兌3.14日幣。

A: 手数料はかかりますか。
てすうりょう
tesûryô wa kakarimasu ka?

A: 要收手續費嗎？

B: 手数料は既にレートの中に含まれてお
てすうりょう　すでに　　　　なか　ふく
ります。
tesûryô wa sude ni rêto no naka ni fukumarete
orimasu.

B: 手續費已經含在匯率裡
了。

A: 分かりました。じゃ、5万円を替えた
わ　　　　　　　　ごまんえん　か
いです。
wakarimashita. ja, goman'en o kaetai desu.

A: 我知道了，那我想換5
萬日幣。

B: かしこまりました。
kashikomarimashita.

B: 好的。

日本我來了！實用延伸單句會話 *Track 050*

詢問換錢地點的時候用	どこで 両替（りょうがえ）できますか。 doko de ryôgaedekimasu ka? 哪裡可以換錢呢？
兌換貨幣的時候用	これを日本円（にほんえん）に 両替（りょうがえ）してください。 kore o nihon'en ni ryôgaeshite kudasai. 請幫我把這個換成日幣。 どのように 両替（りょうがえ）しますか。 dono yôni ryôgaeshimasu ka? 您想怎麼換呢？ 千円札（せんえんさつ）10枚（じゅうまい）と五千円札（ごせんえんさつ）4枚（よんまい）と1万円札（いちまんえんさつ）2枚（にまい）でお願（ねが）いします。 sen'ensatsu jú mai to gosen'ensatsu yon mai to ichiman'ensatsu ni mai de onegaishimasu. 請換給我10張千元鈔、4張五千元鈔和2張萬元鈔。 2万円（にまんえん）を崩（くず）していただけますか。 niman'en o kuzushite itadakemasu ka? 能請你幫我把2萬日幣換開嗎？
詢問匯率的時候用	台湾元（たいわんげん）に対（たい）して日本円（にほんえん）の為替（かわせ）レートはいくらですか。 taiwangen ni taishite nihon'en no kawaserêto wa ikura desu ka? 台幣兌日幣的匯率是多少呢？
兌換旅行支票的時候用	このトラベラーズチェックを現金（げんきん）にしてください。 kono toraberâzuchekku o genkin ni shite kudasai. 請把這張旅行支票換成現金。

		Buys Notes	Bank Sells Notes
US Dollar	USA	34.56	35.98
Singapore Dollar	Singapore	24.68	25.76
日本円 (: 100)	Japan	27.98	30.43
	China	5.08	5.93

▶ 両替（する）ryôgae(suru) 換錢

▶ 台湾元 taiwangen 台幣

▶ 日本円 nihon'en 日幣

▶ ドル doru 美元

▶ 為替レート／交換レート kawaserêto／kôkanrêto 匯率

▶ 手数料 tesûryô 手續費

▶ 小銭 kozeni 零錢

▶ 含む fukumu 含帶、包括

▶ 崩す kuzusu 換成較小額的錢

▶ トラベラーズチェック toraberâzuchekku 旅行支票

▶ 現金 genkin 現金

Chapter
2

日本我來了！
道路交通篇

01 問路找路
道尋ね
みち たず

🔘 *Track 052*

日本我來了！臨場感100%情境對話

A: すみません、道を聞いてもいいですか。
みち き
sumimasen, michi o kiite mo ii desu ka?

A: 不好意思，能向您問個路嗎？

B: はい。
hai.

B: 好。

A: 市立美術館に向かっていたのですが、途中で迷ってしまって……。
しりつ び じゅつかん む
とちゅう まよ
shiritsu bijutsukan ni mukatte ita no desu ga, tochû de mayotte shimatte……

A: 我要前往市立美術館，但在途中迷了路……。

ここはこの地図上のどこか教えていただけませんか。
ち ず じょう おし
koko wa kono chizujô no doko ka oshiete itadakemasen ka?

能請您告訴我這裡是這張地圖上的哪裡嗎？

B: ああ、今ここら辺にいますよ。
いま へん
â, ima kokorahen ni imasu yo.

B: 喔，我們現在大致在這一帶。

あのコンビニが見えますか。あの青い看板の。
み あお
かんばん
ano konbini ga miemasu ka? ano aoi kanban no.

你有看到那間超商嗎？那間藍色招牌的。

A: はい、見えました。
み
hai, miemashita.

A: 有，看到了。

B: あそこで左に曲がって、2つ目の信号を渡ると右手に美術館が見えるはずですよ。
ひだり ま ふた め しんごう
わた みぎて び じゅつかん み
asoko de hidari ni magatte, futatsume no shingô o wataru to migite ni bijutsukan ga mieru hazu desu yo.

B: 在那邊左轉，過了第二個紅綠燈之後應該就能在右手邊看到了。

A: 分かりました。ありがとうございます。
わ
wakarimashita. arigatôgozaimasu.

A: 我知道了，謝謝。

日本我來了！實用延伸單句會話 🔴 *Track 053*

迷路的時候用	<ruby>道<rt>みち</rt></ruby>に<ruby>迷<rt>まよ</rt></ruby>っています。 michi ni mayotte imasu. 我迷路了。 さっきからずっと<ruby>同<rt>おな</rt></ruby>じ<ruby>場所<rt>ばしょ</rt></ruby>をぐるぐる<ruby>回<rt>まわ</rt></ruby>っています。 sakki kara zutto onaji basho o guruguru mawatte imasu. 我從剛剛就一直在同一個地方打轉。
詢問路線的 時候用	<ruby>市立<rt>しりつ</rt></ruby><ruby>美<rt>び</rt></ruby><ruby>術<rt>じゅつ</rt></ruby><ruby>館<rt>かん</rt></ruby>にはどうやって<ruby>行<rt>い</rt></ruby>きますか。 shiritsu bijutsukan ni wa dō yatte ikimasu ka? 請問市立美術館要怎麼去？ すみません、<ruby>私<rt>わたし</rt></ruby>もこの<ruby>辺<rt>あた</rt></ruby>りには<ruby>詳<rt>くわ</rt></ruby>しくないのです。 sumimasen, watashi mo kono atari ni wa kuwashiku nai no desu. 不好意思，我也對這邊不熟。
詢問是否有 地標的時候用	<ruby>何<rt>なに</rt></ruby>か<ruby>目<rt>め</rt></ruby><ruby>印<rt>じるし</rt></ruby>はありますか。 nani ka mejirushi wa arimasu ka? 有什麼方便辨識的地標嗎？
請對方繪製 地圖的時候用	<ruby>地図<rt>ちず</rt></ruby>を<ruby>描<rt>か</rt></ruby>いていただけませんか。 chizu o kaite itadakemasen ka? 能請您幫我畫一下地圖嗎？
詢問對方是否 可帶路時用	もし<ruby>可能<rt>かのう</rt></ruby>ならば、<ruby>連<rt>つ</rt></ruby>れて<ruby>行<rt>い</rt></ruby>っていただけませんか。 moshi kanō nara ba, tsurete itte itadakemasen ka? 如果可以的話，能不能請您帶我過去呢？ ついて<ruby>来<rt>き</rt></ruby>てください。 tsuite kite kudasai. 跟我來。
詢問路程多長 的時候用	ここからどれくらい<ruby>時間<rt>じかん</rt></ruby>がかかりますか。 koko kara dore kurai jikan ga kakarimasu ka? 從這裡過去大概要花多久時間呢？

▶道 michi 道路

▶迷子 maigo 迷路、迷路的人

▶地図 chizu 地圖

▶目印 mejirushi 標誌、記號

▶看板 kanban 招牌

▶道しるべ michishirube 路標

▶交差点／十字路 kôsaten／jûjiro 十字路口

▶角 kado 轉角

▶信号 shingô 紅綠燈

▶近道 chikamichi 捷徑

▶上 ue 上

▶下 shita 下

▶左 hidari 左

▶右 migi 右

▶東 higashi 東

▶西 nishi 西

▶南 minami 南

▶北 kita 北

01 搭乘公車
バスで移動
いどう

日本我來了！臨場感100%情境對話　🔊 *Track 055*

A: すみません、市立美術館にはどうやって行けばいいですか。
しりつ びじゅつかん

sumimasen, shiritsu bijutsukan ni wa dô yatte ikeba ii desu ka?

B: 美術館への無料シャトルバスを利用するのが一番楽ですね。１６番乗り場で乗れます。
びじゅつかん　　むりょう　　　　　　　りょう　　いちばんらく　　　　　　　　じゅうろくばんのりば　　の

bijutsukan e no muryô syatoru basu o riyôsuru no ga ichiban raku desu ne. jûrokuban noriba de noremasu.

A: 次の一本は何時ですか。
つぎ いっぽん なんじ

tsugi no ippon wa nanji desu ka?

B: １時間おきに発車しますので、次は１１時ですね。
いちじかん　　　　　はっしゃ　　　　　　　つぎ
じゅういちじ

ichijikan oki ni hasshashimasu node, tsugi wa jûichiji desu ne.

A: 不好意思，請問市立美術館怎麼去？

B: 最輕鬆的方式是搭前往美術館的免費接駁巴士，你可以在16號乘車處搭。

A: 下一班是幾點呢？

B: 它是1小時發車一次，所以下一班是11點。

A: それだと時間的にちょっと厳しいです。ほかに何かありませんか。

sore da to jikanteki ni chotto kibishii desu. hoka ni nani ka arimasen ka?

B: それなら、9番乗り場にある市営バス12号線がおすすめです。

sore nara, kyûban noriba ni aru shiê basu jûnigôsen ga osusume desu.

こちらは降車後に少し歩きますが、本数が多いので、利用しやすいです。

kochira wa kôshago ni sukoshi arukimasu ga, honsû ga ôi node, riyôshiyasui desu.

A: 分かりました。じゃ、どこで降りればいいですか。

wakarimashita. ja, doko de orireba ii desu ka?

B: 市役所前で降りてください。

shiyakushomae de orite kudasai.

A: 那樣時間上有點趕，有沒有其他的方法？

B: 那樣的話我建議你搭9號乘車處的12路市營公車。

它雖然下車後要稍微走一會，但班次多很方便。

A: 我知道了，那麼我該在哪裡下車呢？

B: 請在市公所前下車。

各種交通方式

01 搭乗公車 バスで移動

日本我來了！實用延伸單句會話　🔊 *Track 056*

詢問最近公車站的時候用	ここから一番近いバス停はどこですか。 koko kara ichiban chikai basutē wa doko desu ka? 請問離這裡最近的公車站在哪？
詢問公車路線的時候用	美術館へ行くバスはありますか。 bijutsukan e iku basu wa arimasu ka? 請問有到美術館的公車嗎？
詢問公車停靠站的時候用	このバスは市役所前に止まりますか。 kono basu wa shiyakushomae ni tomarimasu ka? 這班公車會停市公所前嗎？ 美術館までいくつバス停に止まりますか。 bijutsukan made ikutsu basutē ni tomarimasu ka? 到美術館之間會停幾站呢？
詢問轉車事項的時候用	乗り換えが必要ですか。 norikae ga hitsuyō desu ka? 需要轉車嗎？
詢問在哪下車的時候用	どこで降りればいいですか。 doko de orireba ii desu ka? 我該在哪裡下車呢？
詢問是否能用電子票卡時用	ICカードは使えますか。 aishīkādo wa tsukaemasu ka? 可以用電子票卡嗎？
請對方提醒下車的時候用	着いたら教えていただけますか。 tsuitara oshiete itadakemasu ka? 可以請您到站和我說一聲嗎？

日本我來了！補充單字　 Track 057

▶バス basu 巴士、公車

▶シャトルバス shatorubasu 接駁車

▶バス停 basutê 公車站

▶乗り場 noriba 乘車處

▶乗る noru 搭乘

▶降りる oriru 下（車）

▶行先 yukisaki 目的地

▶路線図 rosenzu 路線圖

▶時刻表 jikokuhyô 時刻表

▶ICカード aishîkâdo IC票卡、電子車票

▶発車（する） hassha(suru) 發車

▶乗車（する） jôsha(suru) 乘車

▶降車（する） kôsha(suru) 下車

▶到着（する） tôchaku(suru) 抵達

▶整理券 sêriken 號碼牌

▶降車ボタン kôshabotan 下車鈴

▶運賃 unchin 車資

溫馨小提示

一日乘車券用法
▼

一日乘車券顧名思義，便是一種在一天的限期之內可無限次搭乘既定區間內的既定交通工具的車票。日本全國各地發行的一日乘車券有百百種，但使用方法都大同小異，票券的形式基本上不是磁票就是紙票。

磁卡形式的一日乘車券，使用方式就和一般的磁卡車票一樣，在收票的時候將它插入讀票機即可；而紙本形式的一日乘車券使用上就更簡單了，只要在上下車收票時出示給司機看就好。

另外，一日乘車券經常結合許多觀光景點的優惠，例如出示一日乘車券就能免除門票或者享有用餐的折扣優惠等等，若能善加運用，也能節省下一筆開銷喔！

02 搭乘計程車

タクシーで移動

日本我來了！臨場感100%情境對話 🔵 *Track 058*

A: こんにちは。どちらまで？
konnichiwa. dochira made?

A: 午安，請問到哪？

B: 東京 駅までお願いします。
tôkyôeki made onegaishimasu.

B: 請到東京車站。

A: はい。
hai.

A: 好的。

B: 2時の新幹線に乗るんですが、時間的に大丈夫でしょうか。
niji no shinkansen ni norun desu ga, jikanteki ni daijôbu deshô ka?

B: 我要搭2點的新幹線，時間來得及嗎？

A: うーん、渋滞に巻き込まれなければたぶんギリギリで着きますね。
ûn, jûtai ni makikomarenakereba tabun girigiri de tsukimasu ne.

A: 嗯……如果不塞車的話勉強趕得上吧。

B: そうですか。じゃ、できる範囲で急いでいただけますか。
sôdesu ka. ja, dekiru han'i de isoide itadakemasu ka?

B: 這樣啊，那能請你在容許範圍內盡量幫我趕趕嗎？

A: 分かりました。
wakarimashita.

A: 我知道了。

B: ありがとうございます。
arigatôgozaimasu.

B: 謝謝。

日本我來了！實用延伸單句會話 ▶ 🔊 *Track 059*

叫計程車的時候用

タクシーを呼んでいただけますか。
takushī o yonde itadakemasu ka?
能請你幫我叫計程車嗎？

どこでタクシーを拾えますか。
doko de takushī o hiroemasu ka?
哪裡攔得到計程車？

請司機開後車廂的時候用

トランクを開けてください。
toranku o akete kudasai.
請打開後車廂。

停車的時候用

ここで降ります。
koko de orimasu.
我要在這裡下。

その角で止まってください。
sono kado de tomatte kudasai.
請在那個轉角停車。

すぐ戻りますので、待っていていただけますか。
sugu modorimasu node, matte ite itadakemasu ka?
我馬上就回來，可以請你在這等我嗎？

抵達目的地的時候用

着きましたよ。
tsukimashita yo.
到了喔。

▶ タクシー takushî 計程車

▶ メーター mêtâ 車資表

▶ トランク toranku 後車廂

▶ 空車 kûsha 空車

▶ 賃走 chinsô 載客中

▶ 初乗り料金／基本料金 hatsunoriryôkin／kihonryôkin 基本車資

▶ 深夜・早朝割増料金 shinya sôchôwarimashiryôkin 夜間・清晨加成

▶ お迎え料 omukaeryô 接車費用

▶ 渋滞 jûtai 塞車

▶ 急ぐ isogu 趕（路）

溫馨小提示

日本的計程車

在台灣我們之所以會將計程車俗稱為「小黃」，是因為計程車的車身清一色都是漆成黃色的。但在日本就不是這樣了，計程車的車身有著各式不同的顏色，關東地區偏好白色、綠色、黃色等亮色，關西地區則偏好黑色、深藍色等較沉穩的顏色。計程車的顏色在價格上並沒有區別，不過車型的大小以及各地的起跳價規定不同，就會影響車資的計算。

另外，在台灣搭計程車，上下車時開關車門我們都習慣自己來，但日本的計程車都是由司機來操控的，所以搭車時記得要「收手」喔！還有，基於安全考量，乘客數在兩人以下時，日本的計程車通常是拒絕讓乘客坐在副駕駛座的，即便是三人以上，基本上還是以坐後座為優先，副駕駛座是最後一個座位，如果覺得太過壅擠想要坐副駕駛座，記得先徵求司機同意再入座。

03 搭乗電車
電車で移動
でんしゃ　　　　いどう

A: ８時２０分発東京行きの東北新幹線
はちじ　にじゅっぷんはつとうきょう　ゆ　　　　とうほくしんかんせん
１枚。
いちまい

hachiji nijuppun hatsu tôkyô yuki no tôhoku shinkansen ichimai.

B: 少々お待ちください。
しょうしょう　　　　ま

shôshô omachikudasai.

申し訳ございません。その列車はもう
もう　わけ　　　　　　　　　　　れっしゃ
満席となっております。
まんせき

môshiwakegozaimasen. sono ressha wa mô manseki to natte orimasu.

立ち席でよろしければ、まだチケット
た　せき
が取れますが、どうなさいますか。
と

tachiseki de yoroshikereba, mada chiketto ga toremasu ga, dô nasaimasu ka?

A: 時間が結構長いし、できれば座りたい
じかん　けっこうなが　　　　　　　　　すわ
です。次の一本は？
つぎ　いっぽん

jikan ga kekkô nagai shi, dekireba suwaritai desu. tsugi no ippon wa?

B: 次の一本は８時５０分発。こちらも立
つぎ　いっぽん　はちじ　ごじゅっぷんはつ　　　　　　た
ち席しか残っておりません。
せき　のこ

tsugi no ippon wa hachiji gojuppun hatsu. kochira mo tachiseki shika nokotte orimasen.

A: じゃ、２０分発の立ち席でいいです。
にじゅっぷんはつ　た　せき

ja, nijuppun hatsu no tachiseki de ii desu.

B: かしこまりました。

kashikomarimashita.

A: 8點20分開往東京的東北新幹線1張。

B: 請稍等。

非常抱歉，該列車已售完。

如果您能接受站票的話，倒是還有票，您覺得呢？

A: 時間還蠻長的，可以的話我想坐著。下一班的話呢？

B: 下一班是8點50分發車，這也已經只剩站票了。

A: 那就20分發車那班的站票好了。

B: 好的。

待合室
Waiting Room

出口（新幹線中央口）
Exit Shinkansen Central

出口（新幹線八条口）
Shinkansen Hachijo

近鉄線のりかえ
Transfer to Kintetsu Line

お手洗
Toilets

14 13 新大阪 博多方面
for Shin-Osaka, Hakata

12 11 名古屋 東京方面
for Nagoya, Tokyo

日本我來了！實用延伸單句會話 🔴 Track 062

尋找車站的 時候用	この近くに駅はありますか。 kono chikaku ni eki wa arimasu ka? 請問這附近有車站嗎？
購買一日券的 時候用	一日券はどこで買えますか。 ichinichiken wa doko de kaemasu ka? 請問一日券在哪買得到呢？
補票的時候用	乗り越し精算をお願いします。 norikoshi sēsan o onegaishimasu. 請幫我補票。
談論電車停 靠站的時候用	快速電車はこの駅に止まりますか。 kaisoku densha wa kono eki ni tomarimasu ka? 快速電車有停這站嗎？
	次の駅はどこですか。 tsugi no eki wa doko desu ka? 下一站是哪一站？

談論發車時間 的時候用	終電は何時ですか。 shūden wa nanji desu ka? 末班車是幾點？
	次の電車は何時発ですか。 tsugi no densha wa nanji hatsu desu ka? 下一班電車是幾點發車？
轉乘的時候用	乗り換えは必要ですか。 norikae wa hitsuyō desu ka? 需要換車嗎？
	どこで乗り換えますか。 doko de norikaemasu ka? 要在哪裡換車？

▼各種交通方式

03 搭乘電車　電車で移動

日本我來了！補充單字　 *Track 063*

▶電車 densha 電車

▶新幹線 shinkansen 新幹線

▶地下鉄 chikatetsu 地鐵

▶モノレール monorêru 單軌電車

▶列車 ressha 列車

▶駅 eki 車站

▶改札 kaisatsu 票口

▶ホーム hômu 月台

▶始発 shihatsu 首班車

▶終電 shûden 末班車

▶切符 kippu 車票

▶乗車券 jôshaken 乘車券

▶指定券 shitêken 對號座位券

▶指定席 shitêseki 對號座位

▶自由席 jiyûseki 自由座

▶グリーン車 gurînsha 綠色車廂（新幹線的高等車廂）

▶グランクラス gurankurasu （新幹線的）頭等車廂

▶乗り越し精算 norikoshisêsan 補票

▶チャージ châji 儲值

▶乗り換える norikaeru 轉乘

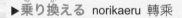

04 步行抵達
徒歩で移動
（と）（ほ）（い）（どう）

日本我來了！臨場感100%情境對話　🔘 Track 064

A: すみません、この店に行きたいのですが、ここから近いですか。
（みせ）（い）（ちか）
sumimasen, kono mise ni ikitai no desu ga, koko kara chikai desu ka?

A: 不好意思，我想去這間店，請問它離這裡近嗎？

B: 近くはないけど、そんなに遠くないです。
（ちか）（とお）
chikaku wa nai kedo, sonna ni tôkunai desu.

B: 不算近，但也不是很遠。

A: 歩いて行けますか。
（ある）（い）
aruite ikemasu ka?

A: 用走的到得了嗎？

B: はい。バスでも行けますが、歩いた方が早いです。
（い）（ある）（ほう）（はや）
hai. basu demo ikemasu ga, aruita hô ga hayai desu.

B: 可以。搭公車也到得了，但用走的比較快。

A: そうですか。
sô desu ka.

A: 這樣啊。

B: はい。この方向からまっすぐ行って、駅前の商店街を抜けるとすぐ見えますよ。
（ほうこう）（い）（えき）（まえ）（しょうてんがい）（ぬ）（み）
hai. kono hôkô kara massugu itte, ekimae no shôtengai o nukeru to sugu miemasu yo.

B: 嗯。你從這個方向一直直走，穿過車站前的商店街之後馬上就能看到了。

A: 分かりました。ありがとうございます。
（わ）
wakarimashita. arigatôgozaimasu.

A: 我知道了，謝謝。

日本我來了！實用延伸單句會話　🎬 *Track 065*

▼ 各種交通方式

04 步行抵達 徒歩で移動

| 談論所需時間的時候用 | 歩いてどのくらいかかりますか。
aruite dono kurai kakarimasu ka?
請問用走的要多久呢？

だいたい１５分くらいで着きますよ。
daitai jūgofun kurai de tsukimasu yo.
大概15分鐘左右就會到了喔。 |

| 指路的時候用 | まっすぐ進んでください。
massugu susunde kudasai.
請直走。

平和通りを右に曲がってください。
hēwadōri o migi ni magatte kudasai.
請在平和通右轉。

スーパーを通り過ぎてください。
sūpā o tōrisugite kudasai.
請走超過超市。 |

| 指出位置的時候用 | ２ブロック先にあります。
ni burokku saki ni arimasu.
就在2個街區外。

ホテルの向かいにあります。
hoteru no mukai ni arimasu.
就在旅館的對面。

郵便局の隣にあります。
yūbinkyoku no tonari ni arimasu.
就在郵局隔壁。 |

▶徒步 toho 徒步

▶歩く aruku 走、步行

▶まっすぐ massugu 筆直的

▶曲がる magaru 轉彎

▶向かい mukai 對面

▶隣 tonari 旁邊

▶前 mae 前面

▶後ろ ushiro 後面

▶遠い tôi 遠

▶近い chikai 近

▶ブロック burokku 街區

▶突き当り tsukiatari 路的盡頭

▶横断歩道 ôdanhodô 斑馬線

▶歩道橋 hodôkyô 天橋

▶階段 kaidan 樓梯

▼ 各種交通方式 **04** 步行抵達 徒と步ほで移い動どう

溫馨小提示

成功問路的小撇步
▼

盡量使用日語：

想要成功問路的第一步就是要讓對方停下腳步聽你說話，如果你開頭就說「Excuse me」，不喜歡也不擅長說外文的日本人很可能會快步離去，所以最少最少要用「すみません」打招呼，等對方停下腳步之後，盡可能把你會的日文用出來，並把夾雜的英文最簡化，才能增加你的成功率。記住，全英文很多時候只會把人嚇跑而已。

把地名寫下來：

如果你沒有十足把握可以把地名唸對，那麼建議你寫下來指給對方看。

帶好地圖：

可以準備好當地的地圖，這樣不但自己可以參考著用，路人要幫你指路的時候也比較方便。

找好地標：

日本的地址跟台灣不一樣，不是用路而是用區塊來做編排，因為這種編排方式的關係，所以即使拿地址給日本人看，他們也不見得找得到在哪，所以最好不要直接拿著地址問路。如果你的目的地不夠大，最好是尋找那附近夠大的地標，以那個地標作為問路的方向。

05 租車
レンタカーで移動

A: 台湾で予約をしてあります。予約番号は１２３４-55です。

taiwan de yoyaku o shite arimasu. yoyaku bangô wa ichinisan'yongogo desu.

A: 我在台灣有先預約好，預約編號是1234-55。

B: 少々お待ちください。えっと……リンさんですね。

shôshô omachikudasai. etto……Lin san desu ne.

B: 請稍等。嗯……是林小姐對嗎？

A: はい。

hai.

A: 對。

B: ご予約の内容を確認させていただきます。

goyoyaku no naiyô o kakuninsasete itadakimasu.

B: 我先和您核對預約的內容。

５人乗りの小型車を一台、本日から5日間、お借りになるのですね。

goninnori no kogatasha o ichidai, honjitsu kara itsukakan, okari ni naru no desu ne.

您是要從今天開始租借一台五人座的小客車五天對嗎？

A: はい、間違いないです。

hai, machigainai desu.

A: 對，沒錯。

あっ、でも、返却先は名古屋に変えたいです。今からでも可能でしょうか。

a, demo,henkyakusaki wa Nagoya ni kaetai desu. ima kara de mo kanô deshô ka?

啊！但我想把還車地點改成名古屋，現在還能改嗎？

B: 今^{いま}からでも変更^{へんこう}できますが、乗^のり捨^すての場合^{ばあい}は7000円^{えん}の乗^のり捨^すて料金^{りょうきん}をいただきます。よろしいでしょうか。

ima kara demo henkôdekimasu ga, norisute no baai wa nanasen'en no norisute ryôkin o itadakimasu. yoroshii deshô ka?

A: はい、大丈夫^{だいじょうぶ}です。

hai, daijôbu desu.

B: かしこまりました。では、レンタル手続^{てつづ}きをいたしますので、パスポートと免許証^{めんきょしょう}をお借^かりします。

kashikomarimashita. dewa, rentaru tetsuduki o itashimasu node, pasupôto to menkyoshô o okarishimasu.

B: 現在還可以改，不過要甲租乙還的話我們將收取7000元的甲租乙還費用，這樣可以嗎？

A: 沒問題。

B: 好的。那麼我來為您辦理租借手續，請借我您的護照和駕照。

租車的時候用	車を借りたいのですが……。
	kuruma o karitai no desu ga…….
	我想租車。

詢問相關設備 的時候用	ＥＴＣカードを借りることはできるでしょうか。
	ītīshī kādo o kariru koto wa dekiru deshô ka?
	請問能借用ETC卡嗎？

カーナビは付いていますか。
kânabi wa tsuite imasu ka?
有付汽車導航嗎？

詢問相關費用 的時候用	保証金はかかりますか。
	hoshôkin wa kakarimasu ka?
	需要付保證金嗎？

保険料は含まれていますか。
hokenryô wa fukumarete imasu ka?
有含保險費嗎？

詢問事故時連 絡方式時用	トラブル時の連絡先を教えてください。
	toraburu ji no renrakusaki o oshiete kudasai.
	請告訴我發生事故時要聯絡哪裡？

加油的時候用	レギュラー満タンでお願いします。
	regyurā mantan de onegaishimasu.
	92無鉛加滿。

１３００円分入れてください。
sensanbyakuen bun irete kudasai.
請幫我加1300元的油。

日本我來了！補充單字　 Track 069

▶ 小型車 kogatasha 小型車

▶ 中型車 chûgatasha 中型車

▶ 大型車 ôgatasha 大型車

▶ オートマティック車 ôtomatikkusha 自排車

▶ マニュアル車 manyuarusha 手排車

▶ カーナビ kânabi 汽車導航

▶ ＥＴＣ装置 îtîshîsôchi ETC裝置

▶ ＥＴＣカード êtîshîkâdo ETC卡

▶ チャイルドシート chairudoshîto 兒童座椅

▶ 乗り捨てる norisuteru
甲租乙還；下交通工具後將其留置於該處

▶ ガソリン gasorin 汽油

▶ レギュラー regyurâ 92無鉛汽油

▶ ハイオク haioku 98無鉛汽油

▶ 軽油 kêyu 柴油

▶ 灯油 tôyu 煤油

▶ エンジン enjin 引擎

▶ タイヤ taiya 輪胎

▶ バッテリー batterî 電瓶

各種交通標誌

▼

 ❶ 這是車輛限速標誌，此例表示最高時速50公里。

 ❷ 這是禁止車輛通行標誌。若圓圈內畫有車種圖案，表示禁止該車種通行；若畫有箭頭指示，則表示禁止迴轉、禁止超車等規定。

 ❸ 上面的是禁止停車標誌，下面的則是禁止停車與臨時停車標誌。日本違規停車的取締相當嚴格，所以請務必確認該處是否能夠停車。

 ❹ 這是停車再開標誌，行經路口時必須先暫停，確認安全後再開。

 ❺ 這是指定方向以外禁止通行標誌，此例表示僅能直行和左轉。

 ❻ 這是警戒標誌，標誌內的圖案表示須留意的對象，此例表示平交道。

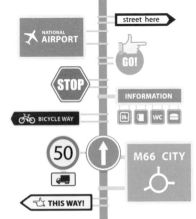

日本我來了！車子相關的東西

ワイパー　雨刷

こ がたしゃ
小型車　小型車

ハンドル　方向盤

フロントガラス　擋風玻璃

バックミラー　後視鏡

ヘッドライト　頭燈

トランク　後車廂

ナンバープレート　車牌

タイヤ　輪胎

エスユーブイ
ＳＵＶ　休旅車

バン　箱型車

ナビ　導航

エンジン　引擎

アクセル　油門

^{ちゅうしゃじょう}
駐 車 場　停車場

パーキングメーター　停車計費表

ブレーキ　刹車

駐車スペース　停車位

ギア　排檔

一方通行　單行道

制限速度　速限

スポーツカー　跑車

Chapter 3

日本我來了！
飯店住宿篇

01 電話預訂
部屋予約
(へ や よ やく)

日本我來了！臨場感100%情境對話　　🔵 *Track 070*

A: はい。ロイヤルガーデンホテルでございます。
hai. roiyaru gâden hoteru degozaimasu.

B: 部屋を予約したいのですが……。
heya o yoyakushitai no desu ga…….

A: ご予約でございますね。ありがとうございます。
goyoyaku degozaimasu ne. arigatôgozaimasu.

いつご利用なさいますか。
itsu go riyônasaimasu ka?

B: 8月19日から3晩です。
hachigatsu jûkunichi kara sanban desu.

A: 8月19日から3泊でございますね。
hachigatsu jûkunichi kara sanpaku degozaimasu ne.

ご利用人数と客室タイプはいかがいたしましょうか。
goriyôninsû to kyakushitsutaipu wa ikagaitashimashô ka?

B: 4人です。ツインルームを2つください。
yonin desu. tsuinrûmu o futatsu kudasai.

A: ツインルーム2部屋で4名様のご利用でございますね。
tsuinrûmu futatsu de yonmêsama no goriyô degozaimasu ne.

予約状況を確認いたしますので、少々お待ちください。
yoyakujôkyô o kakunin'itashimasu node, shôshô omachikudasai.

A: 您好，這裡是皇家花園飯店。

B: 我想要訂房。

A: 訂房嗎，非常謝謝您。

請問您是何時要住房呢？

B: 8月19日起住3個晚上。

A: 8月19日開始3晚對嗎？

您的住房人數和想要的房間類型是？

B: 4個人，請給我兩間雙床房。

A: 兩間雙床房共4位對吧。

我確認一下預約情形，請您稍等一會。

（しばらくして）

（過了一會）

A: お待たせしました。ご希望の部屋をご
用意させていただきます。
omataseshimashita. gokibô no heya o goyôisasete
itadakimasu.

A: 讓您久等了，我們會
為您準備好您要的房
間。

日本我來了！實用延伸單句會話 ▶ 🔘 *Track 071*

撥打電話訂房
的時候用

お電話ありがとうございます。
odenwa arigatôgozaimasu.
感謝您的來電。

そのまま電話を切らずにお待ちください。
sono mama denwa o kirazu ni omachikudasai.
請於線上稍後，不要掛斷電話。

もう一回お願いします。
mô ikkai onegaishimasu.
麻煩你再說一次。

詢問停留時間
的時候用

何泊になさいますか。
nanpaku ni nasaimasu ka?
您要留宿幾晚呢？

詢問抵達時間
的時候用

チェックインの予定時刻は何時くらいでしょうか。
chekkuin no yotêjikoku wa nanji kurai deshô ka?
您預計幾點會登記入住呢？

回覆空房情況
的時候用

申し訳ございません。あいにく8月19日は満室で
ございます。
môshiwake gozaimasen. ainiku hachigatsu jûkunichi wa manshitsu
degozaimasu.
非常抱歉，很不巧地8月19日已經客滿了。

詢問可否代收
物品的時候用

荷物をそちらに届けることは可能でしょうか。
nimotsu o sochira ni todokeru koto wa kanô deshô ka?
可以把東西寄到你們那裡嗎？

日本我來了！補充單字　● *Track 072*

▶ 宿泊（する）　shukuhaku(suru)　住宿

▶ 泊まる　tomaru　住宿

▶ 部屋　heya　房間

▶ 客室　kyakushitsu　客房

▶ 空室　kûshitsu　空房

▶ 満室　manshitsu　滿房

▶ 確認（する）　kakunin(suru)　確認

▶ 用意（する）　yôi(suru)　準備

▶ 利用（する）　riyô(suru)　利用、使用

02 詢問房型
部屋（へや）タイプを尋（たず）ねる

日本我來了！臨場感100%情境對話 🔘 *Track 073*

A: はい。ロイヤルガーデンホテルでございます。

hai. roiyaru gâden hoteru degozaimasu.

A: 您好，這裡是皇家花園飯店。

B: そちらの部屋（へや）タイプを知（し）りたいのですが、紹介（しょうかい）していただけますか。

sochira no heya taipu o shiritai no desu ga, shôkaishite itadakemasu ka?

B: 我想了解一下你們那邊的房型，能請你幫我介紹嗎？

A: かしこまりました。

kashikomarimashita.

A: 好的。

当館（とうかん）の客室種類（きゃくしつしゅるい）ですが、基本的（きほんてき）にはシングルルーム、ダブルルーム、ツインルームがございます。

tôkan no kyakushitsu shurui desu ga, kihonteki ni wa shingururûmu, dabururûmu, tsuinrûmu ga gozaimasu.

本館的客房種類基本上有單人房、雙人房和雙床房。

3種の客室はそれぞれセミとプレミアム2つのクラスに分かれており、セミクラスはやや狭めで、プレミアムはやや広めのお部屋でございます。

sanshu no kyakushitsu wa sorezore semi to puremiamu futatsu no kurasu ni wakarete ori, semikurasu wa yaya semame de, puremiamu wa yaya hirome no oheya degozaimasu.

三種客房又再各自分成準和高級兩個等級，準的房間稍小，高級的房間則較寬敞。

註 「準」的房間並不是指標準的意思，而是床比較小，等級比標準房次一級的房型。

そして、全種類の客室において喫煙室または禁煙室の指定が可能でございます。

soshite, zenshurui no kyakushitsu ni oite kitsuenshitsu mata wa kin'enshitsu no shitei ga kanô degozaimasu.

然後，全種類的客房都能夠指定要入住可吸菸的房間或是禁菸的房間。

B: 部屋で無線LANは使えますか。

heya de musenran wa tsukaemasu ka?

B: 房內可使用無線網路嗎？

A: はい、全客室にて無線LANを無料でご利用いただけます。

hai, zenkyakushitsu nite musenran o muryô de goriyô itadakemasu.

A: 可以，全部的客房都能夠免費使用無線網路。

B: 分かりました。6月21日は禁煙セミダブルの空室はありますか。

wakarimashita. rokugatsu nijûichinichi wa kin'ensemidaburu no kûshitsu wa arimasu ka?

B: 我知道了。6月21日禁菸準雙人房還有空房嗎？

A: 申し訳ございません。禁煙セミダブルは満室でございます。

môshiwake gozaimasen. kin'ensemidaburu wa manshitsu degozaimasu.

A: 非常抱歉，禁菸準雙人房已經客滿了。

ツインでよろしければご予約いただけますが……。

tsuin de yoroshikereba mada go yoyaku itadakemasu ga.......

若您能接受雙床房的話，倒是還能預約。

B: じゃ、それ1つで予約お願いします。

ja, sore hitotsu de yoyaku onegaishimasu.

B: 那就幫我預約一間。

日本我來了！實用延伸單句會話 ▸ 🎵 *Track 074*

詢問房型的
時候用

客室タイプはどれになさいますか。
kyakushitsu taipu wa dore ni nasaimasu ka?
您要選哪種房型？

お部屋のタイプのご希望はございますか。
oheya no taipu no gokibō wa gozaimasu ka?
您想要怎樣的房型？

禁煙セミダブルを予約したいのですが……。
kin'ensemidaburu o yoyakushitai no desu ga......
我想預約禁菸準雙人房。

禁煙と喫煙のどちらのお部屋になさいますか。
kin'en to kitsuen no dochira no oheya ni nasaimasu ka?
您想要禁菸房還是吸菸房呢？

詢問住房人數
的時候用

何名様のご予約になりますか。
nanmēsama no go yoyaku ni narimasu ka?
請問是要預約幾位入住？

詢問房間數
的時候用

何部屋ご利用になりますか。
nanheya goriyō ni narimasu ka?
您要幾間房？

加床的時候用

エキストラベッドを入れてください。
ekisutorabeddo o irete kudasai.
請幫我加床。

日本我來了！補充單字　🎧 Track 075

▶ホテル／宿 hoteru／yado 旅館

▶ビジネスホテル bijinesuhoteru 商務旅館

▶カプセルホテル kapuseruhoteru 膠囊旅館

▶旅館 ryokan 日式旅館

▶シングルルーム shingururûmu 單人房

▶ダブルルーム dabururûmu 雙人房

▶ツインルーム tsuinrûmu 雙床房

▶スイートルーム suîtorûmu 豪華套房

▶喫煙室 kitsuenshitsu 可吸菸的房間

▶禁煙室 kin'enshitsu 禁止吸菸的房間

▶洋室 yôshitsu 西式房

▶和室 washitsu 和式房

▶セミ semi 準 註「準」的房間並不是指標準的意思，而是床比較小，等級比標準房次一級的房型。

▶プレミアム puremiamu 高級

▶スタンダード sutandâdo 標準

▶エキストラベッド ekisutorabeddo 臨時添加的移動床

日本我來了──飯店住宿篇

Chapter
3

Part 1

Part 2

Part 3

▼
預訂房間

02 詢問房型 部屋タイプを尋ねる

不同的房型

▼

以房間的風格來區分有下列兩種：

和室：採用日式裝潢、地板鋪設榻榻米的房間，房內不設置床
　　　鋪，而是直接在榻榻米擺放被鋪。

洋室：採用西式裝潢、房內設有床鋪的房間。

以入住人數和床鋪的配置方式來區分，常見的有下列幾種：

❶ 單人房（シングル）：只有一張床、僅供一人入住的房間。

❷ 準單人房（セミシングル）：床的尺寸較小的單人房。

❸ 雙床房（ツイン）：設有兩張單人床，可供兩人入住的房間。

❹ 準雙床房（セミツイン）：床的尺寸較小的雙床房。

❺ 雙人房（ダブル）：設有一張雙人床，可供兩人入住的房間。

❻ 準雙人房（セミダブル）：床的尺寸較小的雙人房。

❼ 三人房（トリプル）：可供三人入住的房間，較為常見的是兩
　　張單人床外加一張簡易床或沙發床，但也有的旅館是設有三張
　　床鋪或是一張雙人床外加一張單人床。

❽ 四人房（フォース）：可供四人入住的房間，設有兩張雙人
　　床，或是四張單人床。

03 詢問房價

部屋料金を尋ねる
（へやりょうきんをたずねる）

A: はい。ロイヤルガーデンホテルでございます。

hai. roiyaru gâden hoteru degozaimasu.

A: 您好，這裡是皇家花園飯店。

B: ６月２１日に部屋を予約したいのですが、その日の禁煙シングルは一晩いくらですか。

rokugatsu nijûichinichi ni heya o yoyakushitai no desu ga, sono hi no kin'enshinguru wa hitoban ikura desu ka?

B: 我想訂6月21日的房間，那天禁菸單人房一晚多少錢？

A: 確認いたしますので、少々お待ちください。

kakunin'itashimasu node, shôshô omachikudasai.

A: 我確認一下，請您稍後片刻。

６月２１日でございますね。お一部屋税込みで8000円でございます。

rokugatsu nijûichinichi degozaimasu ne. ohitoheya zeikomi de hassen'en degozaimasu.

6月21日對嗎？一間房含稅是8000元。

B: 何かお得なプランはありますか。

nani ka otoku na puran wa arimasu ka?

B: 有什麼優惠方案嗎？

A: 今ご予約なさるなら、９０日前の早割りプランが適用されます。

ima goyoyakunasaru nara, kyûjûnichimae no hayawaripuran ga tekiyôsaremasu.

A: 現在預約的話，可適用90天前預約的早鳥方案。

宿泊料が20％OFFのほか、いくつかの特典が付いております。

shukuhakuryô ga niju ppâsento ofu no hoka, ikutsu ka no tokuten ga tsuite orimasu.

除了住宿費打八折以外，還會有幾項其他的優惠。

B: それとECO<ruby>エコ</ruby>プランと併用<ruby>へいよう</ruby>できますか。
sore to ekopuran to hêyôdekimasu ka?

B: 那它跟環保方案能並用嗎？

A: はい、問題<ruby>もんだい</ruby>ございません。
hai, mondai gozaimasen.

A: 可以，沒問題。

B: じゃ、それで予約<ruby>よやく</ruby>お願<ruby>ねが</ruby>いします。
ja, sore de yoyaku onegaishimasu.

B: 那就幫我照那樣預約。

 日本我來了！實用延伸單句會話 ▶ **Track 077**

預訂房間

03 詢問房價 部屋料金を尋ねる

詢問房價的時候用
一泊<ruby>いっぱく</ruby>いくらですか。
ippaku ikura desu ka?
住一晚多少錢？

詢問折扣優惠的時候用
連泊<ruby>れんぱく</ruby>したら、割引<ruby>わりびき</ruby>はありますか。
renpakushitara, waribiki wa arimasu ka?
連續住房會有折扣嗎？

詢問是否附早餐的時候用
朝食<ruby>ちょうしょく</ruby>は付<ruby>つ</ruby>いていますか。
chôshoku wa tsuite imasu ka?
有附早餐嗎？

詢問付費方式的時候用
料金<ruby>りょうきん</ruby>は先払<ruby>さきばら</ruby>いですか。
ryôkin wa sakibarai desu ka?
費用是先付嗎？

当日<ruby>とうじつ</ruby>のお支払<ruby>しはら</ruby>になっております。
tôjitsu no oshiharai ni natte orimasu.
當日支付。

談論到取消費用的時候用
当日<ruby>とうじつ</ruby>のキャンセルや連絡<ruby>れんらく</ruby>なしの不泊<ruby>ふはく</ruby>の場合<ruby>ばあい</ruby>は宿泊<ruby>しゅくはく</ruby>料金<ruby>りょうきん</ruby>の100%<ruby>ひゃく パーセント</ruby>いただきます。
tôjitsu no kyanseru ya renrakunashi no fuhaku no baai wa shukuhakuryôkin no hyaku pâsento itadakimasu.
當天取消預約或未經聯絡放棄住宿將收取100%的住宿費用。

▶ お得 otoku 優惠、得益

▶ 特典 tokuten 優惠、贈品

▶ ECOプラン ekopuran 環保方案（不清潔房間的特惠方案）

▶ 早割り hayawari 早鳥優惠

▶ 連泊（する） renpaku(suru) 連住

▶ 宿泊料 shukuhakuryô 住宿費

▶ 宿泊者 shukuhakusha 住宿者

▶ 平日 hêjitsu 平日

▶ 休日 kyûjitsu 假日

▶ 祝日 shukujitsu 國定假日

▶ 朝食付 chôshokutsuki 附早餐

▶ 朝食なし chôshokunashi 不附早餐

▶ 二食付 nishokutsuki 附兩餐（通常是晚餐和早餐）

▶ 素泊まり sudomari 不含餐食純住宿

01 入住登記
ホテルでチェックイン

日本我來了！臨場感100%情境對話

A: こんばんは。部屋を予約しているのですが……。
konbanwa. heya o yoyakushite iru no desu ga......

A: 晚安，我有訂房。

B: いらっしゃいませ。こんばんは。予約番号をお願いします。
irasshaimase. konbanwa. yoyakubangô o onegaishimasu.

B: 歡迎光臨，晚安。請給我您的預約編號。

A: 1234-55です。
ichinisan'yongogo desu.

A: 1234-55。

B: リンさんでございますね。
Lin san degozaimasu ne.

B: 是林小姐對嗎？

A: はい。
hai.

A: 對。

B: お支払いは現金、クレジットカードのどちらになさいますか。
oshiharai wa genkin, kurejittokâdo no dochira ni nasaimasu ka?

B: 您要付現還是刷卡呢？

A: カードでお願いします。
kâdo de onegaishimasu.

A: 刷卡。

B: かしこまりました。では、カードをお預かりします。
kashikomarimashita. deha, kâdo o oazukarishimasu.

B: 好的。那麼請借我一下您的卡片。

A: はい。
hai.

A: 給你。

B: こちらにサインをお願いします。
kochira ni sain o onegaishimasu.

B: 請在這邊簽名。

日本我來了！實用延伸單句會話 Track 080

辦理入住登記的時候用

チェックインをお願いします。
chekkuin o onegaishimasu.
我要登記入住。

何時にチェックインできますか。
nanji ni chekkuindekimasu ka?
幾點可以登記入住呢？

早めにチェックインしてもいいですか。
hayame ni chekkuinshite mo ii desu ka?
能夠提早登記入住嗎？

會延遲抵達的時候用

到着が遅くなりますが、予約はキャンセルしないでください。
tôchaku ga osoku narimasu ga, yoyaku wa kyanserushinaide kudasai.
我會晚到，請不要取消我的預約。

要求房間位置的時候用

角部屋を避けていただけますか。
kadobeya o sakete itadakemasu ka?
能幫我避開邊間嗎？

隣同士の部屋でとってください。
tonaridôshi no heya de totte kudasai.
請幫我們把房間排在隔壁。

詢問旅館門限的時候用

門限はありますか。
mongen wa arimasu ka?
有門限嗎？

領取事先寄送的東西時用

先に送った荷物は届いていますか。
saki ni okutta nimotsu wa todoite imasu ka?
我事前寄來的東西送到了嗎？

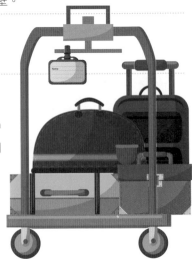

116

日本我來了！補充單字　🎧 *Track 081*

▶チェックイン（する）　chekkuin(suru)　登記入住

▶ 宿泊カード　shukuhakukâdo　住宿登記卡

▶ルームキー　rûmukî　房間鑰匙

▶カードキー　kâdokî　房卡

▶門限　mongen　門限

▶角部屋　kadobeya　邊間

▶ 隣同士　tonaridôshi　相鄰的

▶突き当り　tsukiatari　路的盡頭、路沖

▶記入（する）　kinyû(suru)　填寫

▶サイン（する）　sain(suru)　簽名

▶現金　genkin　現金

▶クレジットカード　kurejittokâdo　信用卡

▶綴り／スペル　tsuduri／superu　拼寫

02 飯店設施
館内施設
かん ない し せつ

日本我來了！臨場感100%情境對話 🎙 *Track 082*

A: 明日の朝食はどこで取りますか。
あした ちょうしょく と
ashita no chôshoku wa doko de torimasu ka?

A: 明天的早餐是在哪邊吃呢？

B: 1階の宴会場「鶴の間」でございます。朝7時からご提供させていただきます。
いっかい えんかいじょう つる ま
あさしちじ ていきょう
ikkai no enkaijô tsuru no ma degozaimasu. asa shichiji kara gotêkyôsasete itadakimasu.

B: 是在一樓宴會廳「鶴之間」。早上7點開始供餐。

A: 分かりました。あと、館内には自販機はありますか。
かんない じはんき
wakarimashita. ato, kannai ni wa jihanki wa arimasu ka?

A: 我知道了。還有，館內有販賣機嗎？

B: はい、各フロアのエレベーターの横に1台ずつ設置されております。
かく よこ
いちだい せっち
hai, kaku furoa no erebêtâ no yoko ni ichidai zutsu secchisarete orimasu.

B: 有，各樓層的電梯旁邊都有設置1台。

A: そう言えば、大浴場の場所をまだ聞いていませんね。
い だいよくじょう ばしょ き
sô ieba, daiyokujô no basho o mada kiite imasen ne.

A: 對了，我還不曉得大澡堂的位置呢。

B: 失礼いたしました。大浴場は最上階にございます。
しつれい だいよくじょう さいじょうかい
shitsurêitashimashita. daiyokujô wa saijôkai ni gozaimasu.

B: 失禮了，大澡堂在最上層。

大浴場は男女入替制なので、時間帯をご確認した上でご利用くださいませ。
だいよくじょう だんじょいれかえせい じかんたい
かくにん うえ りよう
daiyokujô wa danjoirekaesê na node, jikantai o gokakuninshita ue de goriyôkudasaimase.

由於大澡堂是採男女交替制，所以請先確認好時間帶再加以利用。

A: はい。
hai.

A: 好。

B: では、ごゆっくりどうぞ。
dewa, goyukkuri dôzo.

B: 那麼，請您自在休息。

日本我來了！實用延伸單句會話 ▶ 🔘 *Track 083*

詢問設施有無的時候用	エレベーターはありますか。 erebêtâ wa arimasu ka? 請問有電梯嗎？
詢問設施位置的時候用	娯楽室はどこにありますか。 gorakushitsu wa doko ni arimasu ka? 請問娛樂室在哪？
詢問設施可用時間的時候用	大浴 場 は何時まで利用できますか。 daiyokujô wa nanji made riyôdekimasu ka? 大眾池開到幾點？
詢問設施人數限制的時候用	宴会 場 は最大何人まで利用できますか。 enkaijô wa saidai nannin made riyôdekimasu ka? 宴會場最多可供幾人使用？
詢問設施使用方法的時候用	コインランドリーの使い方を教えてください。 koinrandorî no tsukaikata o oshiete kudasai. 請教我怎麼使用自助洗衣。

▶ロビー　robî　大廳

▶フロント　furonto　櫃台、服務台

▶個室　koshitsu　包廂

▶広間　hiroma　大廳

▶宴会場　enkaijô　宴會廳

▶娯楽室　gorakushitsu　娛樂室

▶会議室　kaigishitsu　會議室

▶ジム　jimu　健身房

▶プール　pûru　游泳池

▶サウナ　sauna　三溫暖

▶大浴場　daiyokujô　大眾池

▶カラオケ　karaoke　卡拉OK

▶自販機　jihanki　販賣機

▶消火器　shôkaki　滅火器

▶エレベーター　erebêtâ　電梯

▶コインランドリー　koinrandorî　自助洗衣

▶バイキング／ビュッフェ　baikingu／byuffe　自助餐

▶ベーカリー　bêkarî　烘培坊

▶バー　bâ　酒吧

▶カフェ　kafe　咖啡廳

日本我來了！各式各樣的飯店設施

フロント　櫃台

ロビー　大廳

プール　游泳池

シャトルバス　接駁車

エレベーター　電梯

娯楽室　娛樂室
（ごらくしつ）

宴会場　宴會廳
（えんかいじょう）

カードキー　房卡

サウナ　三溫暖

大浴場（だいよくじょう）　公眾浴場

自販機（じはんき）　販賣機

消火器（しょうかき）　滅火器

ジム　健身房

03 客房服務
ルームサービス

A: ルームサービスを頼みたいんですが……。

rûmusâbisu o tanomitai n desu ga……

B: かしこまりました。何になさいますか。

kashikomarimashita. nani ni nasaimasu ka?

A: たまごサンド 1 つとイチゴスムージーをお願いします。

tamagosando hitotsu to ichigosumûjî o onegaishimasu.

B: ほかに何かございますか。

hoka ni nani ka gozaimasu ka?

A: いいえ、以上です。8 時に持ってきていただけますか。

iie, ijô desu. hachiji ni motte kite itadakemasu ka?

B: かしこまりました。

kashikomarimashita.

（食事が来て）

A: 失礼致します。ご注文された料理をお持ちしました。

shitsurêitashimasu. Gochûmonsareta ryôri o omochishimashita.

B: そこに置いといてください。

soko ni oitoite kudasai.

A: 我想點客房服務。

B: 好的，請問您要些什麼呢？

A: 給我一份蛋沙拉三明治和草莓冰沙。

B: 其他還需要什麼嗎？

A: 沒有，就這些。能請你們8點送來嗎？

B: 好的。

（餐點送來了）

A: 不好意思，為您送上您的餐點。

B: 請放在那邊。

日本我來了！實用延伸單句會話 Track 086

收拾餐具的 時候用	食事が終わったので、片付けてください。 shokuji ga owatta node, katadukete kudasai. 我吃完了，請幫我收拾餐具。
	お済みになったらフロントまでご連絡ください。 osumi ni nattara furonto made gorenrakukudasai. 用畢請聯絡櫃台。
打掃房間的 時候用	起こさないでください。 okosanaide kudasai. 不要吵醒我。
	部屋の掃除をしてください。 heya no sōji o shite kudasai. 請打掃房間。
詢問WiFi密碼 的時候用	WiFiのパスワードを教えてください。 waifai no pasuwâdo o oshiete kudasai. 請告訴我WiFi的密碼
要求晨喚服務 的時候用	明日7時にモーニングコールをお願いします。 ashita shichiji ni môningukôru o onegaishimasu. 明天早上7點請叫我起床。
要求洗衣服務 的時候用	クリーニングを頼みたいんですが……。 kurîningu o tanomitai n desu ga……. 我想託你們洗衣服。
	いつ仕上がりますか。 itsu shiagarimasu ka. 什麼時候會好呢？

辦理入住

03 客房服務　ルームサービス

▶ ルームサービス rûmusâbisu
客房服務（通常指客房內的餐飲服務）

▶ ワゴン wagon 手推車

▶ 掃除（する）／清掃（する） sôji(suru)／sêsô(suru) 打掃

▶ ベッドメイク beddomeiku 整理床鋪

▶ クリーニング kurîningu 洗衣

▶ ランドリー randorî 洗衣（水洗）

▶ ドライクリーニング doraikurîningu 乾洗

▶ プレス／アイロンがけ puresu／airongake 熨燙

▶ 洗濯物 sentakumono 待洗的衣物、洗好的衣物

▶ ランドリーバッグ／ランドリー袋
randorîbaggu／randorîbukuro 洗衣袋

▶ モーニングコール môningukôru 晨喚服務

▶ 仕上がる shiagaru 完成

▶ 片付ける katadukeru 整理

▶ 頼む tanomu 委託

04 享受溫泉
温泉を楽しむ
<ruby>おん<rt>おん</rt></ruby><ruby>せん<rt>せん</rt></ruby>を<ruby>楽<rt>たの</rt></ruby>しむ

日本我來了！臨場感100%情境對話　● *Track 088*

A: 大浴場の利用できる時間は何時から
何時までですか。

daiyokujô no riyôdekiru jikan wa nanji kara nanji made desu ka?

A: 大眾池開放的時間是從幾點到幾點？

B: 夜中３時から４時までの清掃時間以外、いつでもご利用いただけます。

yonaka sanji kara yoji made no sêsôjikan igai, itsu demo goriyôitadakemasu.

B: 除了凌晨3點到4點之間的清潔時間以外，隨時都可使用。

A: 大浴場以外、貸切風呂や家族風呂などはありますか。

daiyokujô igai, kashikiriburo ya kazokuburo nado wa arimasu ka?

A: 你們有大眾池以外的個人湯屋或家庭浴場嗎？

B: 無料でご利用いただける家族風呂がございます。

muryô de goriyôitadakeru kazokuburo ga gozaimasu.

B: 有可供免費使用的家庭浴場。

A: えっ、無料ですか。

e, muryô desu ka?

A: 咦？免費的嗎？

B: はい。但し、お１組様につき１回限りのご利用とさせていただきます。

hai. tadashi, ohitokumisama ni tsuki ikkai kagiri no goriyô to sasete itadakimasu.

B: 對。不過每組客人僅限使用一次。

A: 予約は必要ですか。

yoyaku wa hitsuyô desu ka?

A: 需要預約嗎？

B: はい。ご予約はお手数ですが、フロントまでお越しくださいませ。

hai. goyoyaku wa otesû desu ga, furonto made okoshikudasaimase.

B: 要。勞煩您至櫃台預約。

| 泡太久的
時候用 | ちょっとのぼせてしまいました。
chotto nobosete shimaimashita.
我有點泡暈頭了。 |

| 要先離開
的時候用 | 先に上がります。
saki ni agarimasu.
我先出去了。 |

| 讚美溫泉
的時候用 | いいお湯でした。
ii oyu deshita.
真是舒適的溫泉。 |

| 談論溫泉性質
的時候用 | 温泉の泉質は何ですか。
onsen no senshitsu wa nan desu ka?
溫泉是什麼泉質？ |

| | 温泉のお湯は飲めますか。
onsen no oyu wa nomemasu ka?
溫泉可以飲用嗎？ |

| 詢問使用規則
的時候用 | 大浴場の男女入れ替えはありますか。
daiyokujō no danjoirekae wa arimasu ka?
大眾池會男女交替入場嗎？ |

| 詢問是否有
湯屋的時候用 | 貸切風呂はありますか。
kashikiriburo wa arimasu ka?
有個人湯屋嗎？ |

日本我來了！補充單字　🎧 *Track 090*

▶温泉 onsen 溫泉

▶入浴（する） nyûyoku(suru) 入浴

▶湯 yu 熱水

▶湯船 yubune 浴池

▶風呂桶 furooke 洗澡時使用的小盆子

▶足湯 ashiyu 足湯

▶露天風呂 rotenburo 露天溫泉

▶かかり湯 kakariyu 進入浴池前淋在身上暖身、清潔身體的熱水

▶タオル taoru 毛巾

▶バスタオル basutaoru 浴巾

▶シャワー shawâ 淋浴

▶風呂 furo 浴室、洗澡

▶貸し切る kashikiru 包下

▶シャンプー shanpû 洗髮精

▶ボディーソープ bodîsôpu 沐浴乳

▶石鹸 sekken 肥皂

▶コンディショナー／リンス
kondishonâ／rinsu 潤髮乳

▶トリートメント torîtomento 護髮乳

▶ドライヤー doraiyâ 吹風機

05 / 抱怨投訴
クレーム

日本我來了！臨場感100%情境對話 ⏺ *Track 091*

A: こんばんは。フロントでございます。
konbanwa. furonto degozaimasu.

A: 晚安，這裡是櫃台。

B: 誰かよこしてください。
dare ka yokoshite kudasai.

B: 請你們派個人過來。

A: どうなさいましたか。
dô nasaimashita ka?

A: 怎麼了嗎？

B: テレビが映らないのです。
terebi ga utsuranai no desu.

B: 電視沒辦法看。

A: 承知いたしました。
shôchiitashimashita.

A: 我知道了。

スタッフがすぐ参りますので、お部屋でお待ちください。
sutaffu ga sugu mairimasu node, oheya de omachikudasai.

工作人員馬上過去，請您在房內稍候。

（状況確認後）

（確認狀況後）

B: どうですか。
dô desu ka?

B: 情況怎樣？

A: 故障のようでございます。ご迷惑をお掛けしまして、申し訳ございません。
koshô no yô degozaimasu. gomêwaku o okakeshimashite, môshiwakegozaimasen.

A: 看來是故障了。非常抱歉給您添了麻煩。

今すぐ別の部屋をご用意します。
ima sugu betsu no heya o goyôishimasu.

我們現在立刻為您準備別的房間。

日本我來了！實用延伸單句會話 ▶ 🔘 *Track 092*

抱怨空調問題的時候用	エアコンが作動しません。 eakon ga sadōshimasen. 空調不會運作。

抱怨浴廁問題的時候用	トイレが流れません。 toire ga nagaremasen. 廁所無法沖水。

お湯が出ません。
oyu ga demasen.
放不出熱水。

抱怨環境問題的時候用	ベッドメイクができていません。 beddomeiku ga dekite imasen. 床鋪沒有整理。

部屋に虫がいます。
heya ni mushi ga imasu.
房間裡有蟲。

水漏れしています。
mizumoreshiteimasu.
在漏水。

抱怨門鎖問題的時候用	ドアの鍵がかかりません。 doa no kagi ga kakarimasen. 門沒辦法鎖。

抱怨電燈問題的時候用	電気がつきません。 denki ga tsukimasen. 電燈打不開。

電気が点滅しています。
denki ga tenmetsushite imasu.
電燈在閃爍。

▶クレーム／苦情 kurêmu 抱怨

▶故障（する） koshô(suru) 故障

▶作動（する）／動く sadô(suru)／ugoku 運作

▶汚れる yogoreru 弄髒

▶映る utsuru 顯像、映像

▶流れる nagareru 流走

▶詰まる tsumaru 阻塞

▶エアコン eakon 空調

▶暖房 danbô 暖氣

▶冷房 rêbô 冷氣

▶テレビ terebi 電視

▶電気 denki 電燈

▶水漏れ mizumore 漏水

▶異臭 ishû 異味

▶虫 mushi 蟲

▶騒がしい／うるさい sawagashî／urusai 嘈雜

01 結帳退房
ホテルでチェックアウト

日本我來了！臨場感100%情境對話　　🎧 *Track 094*

A: チェックアウトをお願いします。
chekkuauto o onegaishimasu.

A: 我要辦理退房。

B: かしこまりました。ルームキーをお預かりします。
kashikomarimashita. rûmukî o oazukarishimasu.

B: 好的。已收到您的房卡。

こちらの請求書をご確認ください。
kochira no sêkyûsho o gokakuninkudasai.

請確認這份帳單。

A: これは何の料金ですか。
kore wa nan no ryôkin desu ka?

A: 這是什麼費用？

B: これは入湯税でございます。温泉をご利用なさったお客様からいただく税金でございます。
kore wa nyûtôzê degozaimasu. onsen o goriyônasatta okyakusama kara itadaku zêkin degozaimasu.

B: 這是入湯税，是向有泡溫泉的房客收取的税金。

A: そうですか。この金額で間違いありません。
sô desu ka. kono kingaku de machigai arimasen.

A: 這樣啊。金額沒錯。

B: お支払いは現金、クレジットカードのどちらになさいますか。
oshiharai wa genkin, kurejittokâdo no dochira ni nasaimasu ka?

B: 您是要付現還是刷卡呢？

A: カードでお願いします。
kâdo de onegaishimasu.

A: 刷卡。

退房時間有所
變動的時候用

チェックアウトを遅らせることはできますか。
chekkuauto o okuraseru koto wa dekimasu ka?
能延後退房嗎？

一日早くチェックアウトしたいのですが……。
ichinichi hayaku chekkuautoshitai no desu ga......
我想提早一天退房。

延泊できますか。
enpakudekimasu ka?
可以續住嗎？

帳單有誤的
時候用

請求書が間違っているようですが……。
sēkyūsho ga machigatte iru yō desu ga......
帳單好像有誤。

寄放行李的
時候用

荷物を預かっていただけますか。
nimotsu o azukatte itadakemasu ka?
能讓我寄放行李嗎？

預けた荷物を引き取りたいのですが……。
azuketa nimotsu o hikitoritai no desu ga......
我想領回我寄放的行李。

詢問是否有接
駁車的時候用

空港へのシャトルバスはありますか。
kūkō e no shatorubasu wa arimasu ka?
有前往機場的接駁車嗎？

日本我來了！補充單字 🎵 *Track 096*

▶チェックアウト chekkuauto 退房

▶請求書 sêkyûsho 帳單

▶預ける azukeru 寄放

▶預かる azukaru 代為保管

▶預り証 azukarishô 寄放證

▶引き取る hikitoru 領回

▶間違い machigai 錯誤

▶延泊（する） enpaku(suru) 續住

▶遅らせる okuraseru 延後

▶合計金額 gôkêkingaku 總金額

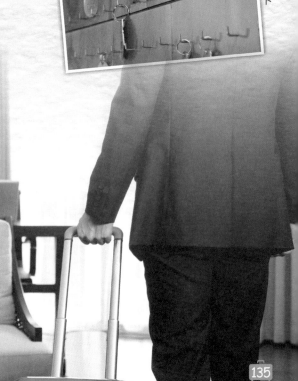

辦理退房

01 結帳退房 ホテルでチェックアウト

02 遺忘物品
部屋に忘れ物
へや わす もの

日本我來了！臨場感100%情境對話　🔵 *Track 097*

A: はい。ロイヤルガーデンホテルでございます。

hai. roiyaru gâden hoteru degozaimasu.

B: すみません、部屋に化粧ポーチを置き忘れてきたみたいです。
へや けしょう お わす

sumimasen, heya ni keshôpôchi o okiwasurete kita mitai desu.

調べていただけますか。
しら

shirabete itadakemasu ka?

A: お部屋番号をお伺いしてもよろしいでしょうか。
へや ばんごう うかが

oheyabangô o oukagaishite mo yoroshii deshô ka?

B: 201でした。
にまるいち

ni maru ichi deshita.

A: 承知いたしました。確認いたしますので、少々お待ちください。
しょうち かくにん しょうしょう ま

shôchiitashimashita. kakunin'itashimasu node, shôshô omachikudasai.

お待たせしました。確かにお客様のお部屋の中にございました。
ま たし きゃくさま へや なか

omataseshimashita. tashika ni okyakusama no oheya no naka ni gozaimashita.

A: 您好，這裡是皇家花園飯店。

B: 不好意思，我好像把化妝包忘在房間裡了。

能請你們幫我查一下嗎？

A: 能請您告訴我您的房間號碼嗎？

B: 201。

A: 好的。這邊為您確認，請您稍等。

讓您久等了。確實是在您的房內。

B: それを自宅に送っていただけますか。
sore o jitaku ni okutte itadakemasu ka?

B: 可以請你們把它寄到
我家嗎？

A: かしこまりました。着払いでよろしい
でしょうか。
kashikomarimashita. chakubarai de yoroshii deshô
ka?

A: 好的。郵資到付可以
嗎？

B: はい、お願いします。
hai, onegaishimasu.

B: 可以，麻煩你了。

日本我來了！實用延伸單句會話 ▶ 🎧 Track 098

忘記物品的時候用	部屋に忘れ物をしてしまいました。 heya ni wasuremono o shite shimaimashita. 我把東西忘在房裡了。
	インキーしてしまいました。 inkīshite shimaimashita. 我把鑰匙忘在房裡了。
提醒別人不要忘記物品的時候用	お忘れ物なさいませんようにご注意ください。 owasuremononasaimasen yô ni gochūikudasai. 請留意不要忘記您的隨身物品。
詢問有沒有人看到的時候用	見つけた方はいらっしゃっていませんか。 mitsuketa kata wa irasshatte imasen ka? 有沒有人看到。
請對方描述物品的時候用	どのようなカメラか教えていただけますか。 dono yô na kamera ka oshiete itadakemasu ka? 能請您告訴我是怎樣的相機嗎？
自行領取物品的時候用	明日取りに行きます。 ashita tori ni ikimasu. 我明天去拿。
	金曜日まで預かっていただけませんか。 kinyôbi made azukatte itadakemasen ka? 能幫我保管到星期五嗎？

▶忘れ物 wasuremono 忘記物品

▶忘れる wasureru 忘記

▶置く oku 放置

▶調べる shiraberu 調查

▶自宅 jitaku 自宅、自家

▶着払い chakubarai 收件者支付郵資

▶元払い motobarai 寄件者支付郵資

▶インキー（する） inkî(suru) 把鑰匙忘在裡面

▶鍵 kagi 鑰匙

▶見つける mitsukeru 找到、發現

▶捜す sagasu 尋找

▶金庫 kinko 保險箱

▶ポーチ pôchi 小包包、小袋子

溫馨小提示

東西遺忘了怎麼辦？

雖說最好的辦法還是在退房前仔細檢查一遍，確認沒有東西遺漏之後再離開，不過人嘛～難免都有健忘的時候，可能上一秒才想著要趕快把東西收好，結果下一秒就忘掉了，離開之後才想起把東西忘在旅館了。

一般來說，旅館會撿到房客遺漏的物品都是在清潔房間的時候，除了已開封或無法保存的食品以外，旅館都會先代為保管。但是必須注意的是，旅館那邊因為種種考量，即使有撿到房客遺忘的物品通常也不會主動聯絡，所以發現自己忘記東西時，一定要主動聯絡旅館。

如果無法親自返回領取，可詢問旅館是否可幫你郵寄，並詢問郵寄的方式和費用，通常會採取到貨付款的郵寄方式。

另外，這裡要提醒大家，不要的東西就丟進垃圾桶，或者留著字條註明那是垃圾，不然旅館難以判斷那是否為遺忘的物品，容易造成他們清潔與保管上的困擾。

Chapter

4

日本我來了！
觀光遊樂篇

01 索取資料
観光ガイドをもらう
<ruby>観<rt>かん</rt></ruby><ruby>光<rt>こう</rt></ruby>ガイドをもらう

日本我來了！臨場感100%情境對話 ● *Track 100*

A: すみません、これいただいてもいいですか。

sumimasen, kore itadaitemo ii desu ka?

A: 不好意思，請問這個可以拿嗎？

B: ご<ruby>自<rt>じ</rt></ruby><ruby>由<rt>ゆう</rt></ruby>にどうぞ。

gojiyû ni dôzo.

B: 請隨意拿。

A: <ruby>循<rt>じゅん</rt></ruby><ruby>環<rt>かん</rt></ruby>バスの<ruby>時<rt>じ</rt></ruby><ruby>刻<rt>こく</rt></ruby><ruby>表<rt>ひょう</rt></ruby>はありますか。

junkanbasu no jikokuhyô wa arimasu ka?

A: 請問有循環公車的時刻表嗎？

B: さきほどのパンフレットに<ruby>載<rt>の</rt></ruby>っておりますよ。

sakihodo no panfuretto ni notte orimasu yo.

B: 剛才那本小冊子上就有刊載了。

A: あっ、<ruby>本<rt>ほん</rt></ruby><ruby>当<rt>とう</rt></ruby>だ。すみません、<ruby>気<rt>き</rt></ruby>づきませんでした。

a, hontô da. sumimasen, kidukimasendeshita.

A: 啊，真的耶。抱歉，我沒注意到。

B: いいえ。ちなみに、どちらに<ruby>行<rt>い</rt></ruby>かれますか。

îe. chinamini, dochira ni ikaremasu ka?

B: 沒關係。順便問一下，您是要去哪裡？

A: ええっと、<ruby>歴<rt>れき</rt></ruby><ruby>史<rt>し</rt></ruby><ruby>博<rt>はく</rt></ruby><ruby>物<rt>ぶつ</rt></ruby><ruby>館<rt>かん</rt></ruby>と<ruby>記<rt>き</rt></ruby><ruby>念<rt>ねん</rt></ruby><ruby>公<rt>こう</rt></ruby><ruby>園<rt>えん</rt></ruby>。<ruby>時<rt>じ</rt></ruby><ruby>間<rt>かん</rt></ruby>があれば、<ruby>神<rt>じん</rt></ruby><ruby>社<rt>じゃ</rt></ruby>の<ruby>方<rt>ほう</rt></ruby>も<ruby>行<rt>い</rt></ruby>ってみたいです。

êtto, rekishihakubutsukan to kinenkôen. jikan ga areba, jinja no hô mo itte mitai desu.

A: 我想想喔……歷史博物館和紀念公園。如果時間夠的話，也想去神社看看。

B: それでしたら、<ruby>一<rt>いち</rt></ruby><ruby>日<rt>にち</rt></ruby><ruby>券<rt>けん</rt></ruby>のご<ruby>利<rt>り</rt></ruby><ruby>用<rt>よう</rt></ruby>がおすすめです。

sore deshitara, ichinichiken no goriyô ga osusume desu.

B: 那樣的話，我建議您使用一日券。

3回以上 乗 車 される場合はお得です
し、歴史博物館の 入 場 料 の割引券
としてもご利用できます。

sankai ijô jôshasareru baai wa otoku desu shi,
rekishihakubutsukan no nyûjôryô no waribikiken
toshite mo go riyôdekimasu.

有要搭3次以上的話
就很划算,而且也能
當成歷史博物館的入
場折價券使用。

A: 分かりました。ありがとうございま
す。

wakarimashita. arigatôgozaimasu.

A: 我知道了,謝謝。

日本我來了!實用延伸單句會話 🔊 *Track 101*

尋找遊客中心
的時候用

観光案内所はどこですか。
kankôannaijo wa doko desu ka?
請問遊客中心在哪?

観光スポットの 情 報 はどこで手に入りますか。
kankôsupotto no jôhô wa doko de te ni hairimasu ka?
請問哪裡可以獲得觀光景點的資訊?

索取資料的
時候用

外国人向けのパンフレットはありますか。
gaikokujin muke no panfuretto wa arimasu ka?
請問有給外國人看的簡介冊子嗎?

この 周 辺 の観光マップはどこで手に入りま
すか。
kono shûhen no kankô mappu wa doko de te ni hairimasu
ka?
請問哪裡可以拿到這附近的觀光地圖?

こちらの 中 国語版はありますか。
kochira no chûgokugoban wa arimasu ka?
這個有中文版的嗎?

說明個人狀況
的時候用

予算がきついです。
yosan ga kitsui desu.
我預算很緊。

▶ 観光案内所 kankôannaijo 遊客中心

▶ 観光客 kankôkyaku 觀光客

▶ 観光地図／観光マップ kankôchizu／kankômappu 觀光地圖

▶ 観光スポット kankôsupotto 觀光景點

▶ 観光ガイド kankôgaido 觀光導覽

▶ パンフレット panfuretto 小冊子

▶ クーポン kûpon 優惠券

▶ 割引券 waribikiken 折價券

▶ 路線図 rosenzu 路線圖

▶ 時刻表／ダイヤ jikokuhyô／daiya 時刻表

▶ 予算 yosan 預算

▶ 情報 jôhô 資訊

▶ 循環バス junkanbasu 循環公車

▶ 周辺 shûhen 周邊、周圍

▶ 散歩（する） sanpo(suru) 散步

▶ 載る noru 刊載

02 詢問景點

観光スポットについて尋ねる
かんこう　　　　　　　　　　　　　たず

日本我來了！臨場感100%情境對話　💿 *Track 103*

A: すみません、ちょっとお伺いしたいの
うかが
ですが、上野公園の桜はもう満開とな
うえ の こうえん　さくら　　　　　まんかい
りましたか。

sumimasen, chotto oukagaishitai no desu ga,
uenokôen no sakura wa mô mankai to narimashita ka?

A: 不好意思，我想請問一下，上野公園的櫻花已經完全盛開了嗎？

B: 今はまだ七分咲きくらいですね。
いま　　　　しち ぶ ざ

ima wa mada shichibusaki kurai desu ne.

B: 現在大概還只開到七分而已。

今年は遅くまで寒かったので、開花時
ことし　おそ　　　　さむ　　　　　　　かい か じ
期が遅くなってしまいました。
き おそ

kotoshi wa osoku made samukatta node, kaikajiki
ga osoku natte shimaimashita.

今年冷得久，所以開花時期延後了。

A: そうなんですか。

sô na n desu ka.

A: 這樣啊。

ちなみに、お花見が早く終わったら、
はな み　　はや　お
別のところも見てみたいのですが、近
べつ　　　　　　み　　　　　　　　　　ちか
くに何かおすすめのスポットはありま
なに
すか。

chinami ni, ohanami ga hayaku owattara, betsu no
tokoro mo mite mitai no desu ga, chikaku ni nani ka
osusume no supotto wa arimasu ka?

順道問一下，如果早點賞完花，我還想看看別的地方，這附近有什麼推薦的景點嗎？

B: そうですね……美術館か動物園はいかがですか。

sô desu ne……bijutsukan ka dôbutsuen wa ikaga desu ka?

どちらも午後5時まで開いていますので、お昼を済ませてからでも充分楽しめると思います。

dochira mo gogo goji made aite imasu node, ohiru o sumasete kara demo jûbun tanoshimeru to omoimasu.

見学が終わりましたらちょうど周りも暗くなっている頃でしょう。

kengaku ga owarimashitara chôdo mawari mo kuraku natte iru koro deshô.

夜になると、公園でライトアップが行われますので、昼間とは雰囲気の違う夜桜が楽しめますよ。

yoru ni naru to, kôen de raitoappu ga okonawaremasu node, hiruma to wa fun'iki no chigau yozakura ga tanoshimemasu yo.

A: いいですね。

ii desu ne.

B: 嗯……美術館或動物園您覺得如何呢？

兩邊都開到下午5點，所以我想即使是吃過午飯之後才去也能玩得盡興。

而且參觀完之後，天也差不多要黑了。

到了晚上，公園會點燈，所以可以欣賞到和白天氣氛截然不同的夜櫻喔。

A: 感覺真不錯耶。

日本我來了！實用延伸單句會話 ▶ 🎧 Track 104

| 詢問適合觀賞的季節時用 | 紅葉の見頃はいつですか。
kōyō no migoro wa itsu desu ka?
最適合賞楓的時期是什麼時候呢？ |

| 請求推薦景點的時候用 | この周辺で何かおすすめはありますか。
kono shūhen de nani ka osusume wa arimasu ka?
這附近有什麼推薦的嗎？ |

ここの見所を教えてください。
koko no midokoro o oshiete kudasai.
請告訴我這邊值得欣賞之處。

絶対に見るべきところはありますか。
zettai ni miru beki tokoro wa arimasu ka?
有什麼地方是必看的嗎？

何か人気の観光スポットはありますか。
nani ka ninki na kankôsupotto wa arimasu ka?
有什麼很受歡迎的觀光景點嗎？

| 詢問觀光路線的時候用 | おすすめの観光コースは何ですか。
osusume no kankōkôsu wa nan desu ka?
你推薦怎樣的觀光路線？ |

| 確認景點位置的時候用 | 動物園は公園の近くでしたよね。
dôbutsuen wa kôen no chikaku deshita yo ne?
動物園是在公園的附近對吧？ |

▶花見 hanami 賞花

▶満開（する）　mankai(suru) 盛開

▶桜前線 sakurazensen 日本各地櫻花預計開花日連成的線

▶見頃 migoro 正適合觀賞的時期

▶見所 midokoro 值得一看之處

▶見学（する）　kengaku(suru) 參觀

▶コース kôsu 路線

▶ライトアップ raitoappu 點燈

▶昼 hiru 白天

▶夜 yoru 夜晚

▶雰囲気 fun'iki 氣氛

▶楽しむ tanoshimu 欣賞、享受

▶桜 sakura 櫻花

▶藤 fuji 藤花

▶紫陽花 ajisai 繡球花

▶紅葉／紅葉 kôyô／momiji 紅葉

▶公園 kôen 公園

▶動物園 dôbutsuen 動物園

▶水族館 suizokukan 水族館

▶美術館 bijutsukan 美術館

▶博物館／ミュージアム
hakubutsukan／myûjiamu 博物館

▶記念館 kinenkan 紀念館

▶資料館 shiryôkan 資料館

▶城 shiro 城池、城堡

▶古跡 koseki 古蹟

▶記念碑 kinenhi 紀念碑

01 預約表演
イベント予約

A: すみません、この体験講座に参加したいのですが、予約は必要ですか。

sumimasen, kono taikenkôza ni sankashitai no desu ga, yoyaku wa hitsuyô desu ka?

A: 不好意思，我想參加這場體驗講座，它需要先預約嗎？

B: はい、こちらの体験講座に参加するには事前予約が必要となります。

hai, kochira taikenkôza ni sanka suru ni wa jizenyoyaku ga hitsuyô to narimasu.

B: 要，參加這場體驗講座必須事先預約。

また、有料講座のため、参加登録の際に参加費として500円をいただきます。

mata, yûryôkôza no tame, sankatôroku no sai ni sankahi toshite gohyakuen o itadakimasu.

然後，由於是收費講座，在登錄參加時將收取500元參加費。

A: 予約はここでいいですか。

yoyaku wa koko de ii desu ka?

A: 是在這裡預約嗎？

B: はい、こちらで承ります。

hai, kochira de uketamawarimasu.

B: 對，是在這裡。

こちらの申込書にご記入ください。

kochira no môshikomisho ni gokinyukudasai.

請填寫這份申請表。

A: はい。このシアターも予約しなければなりませんか。

hai. kono shiatâ mo yoyakushinakereba narimasen ka?

A: 好。這個劇院也得預約嗎？

B: いいえ、上映開始時間に直接シアターにお越しください。

îe, jôêkaishijikan ni chokusetsu shiatâ ni okoshikudasai.

B: 不用，請在開始放映的時間直接到劇院去。

ただし、席数に限りがございますの
で、ご入場は先着制となっておりま
す。
tadashi, sekisû ni kagiri ga gozaimasu node,
gonyûjô wa senchakusê to natte orimasu.

A: 分かりました。
wakarimashita.

不過，因為座位有限，
入場是採先到先入場的
方式。

A: 我知道了。

日本我來了！實用延伸單句會話 ▶ 🔘 *Track 107*

索取活動時間
表的時候用

イベントのスケジュールをいただけますか。
ibento no sukejûru o itadakemasu ka?
能給我活動的時間表嗎？

詢問活動相關
資訊的時候用

こちらのイベントはどうやって参加すればいいです
か。
kochira ibento wa dô yatte sankasureba ii desu ka?
怎樣才能參加這場活動呢？

こちらのイベントは誰でも参加できますか。
kochira ibento wa dare demo sankadekimasu ka?
這場活動是任何人都能參加嗎？

こちらのイベントの出演者は誰ですか。
kochira ibento no shutsuensha wa dere desu ka?
這場活動的演出者是誰呢？

こちらのイベントは予約が必要ですか。
kochira ibento wa yoyaku ga hitsuyô desu ka?
這場活動需要預約嗎？

そちらの体験講座は整理券が必要です。
sochira taikenkôza wa seiriken ga hitsuyô desu.
參加那個體驗講座需要領取號碼牌。

日本我來了！補充單字 ◉ *Track 108*

▶イベント ibento 活動

▶講座 kôza 講座

▶予約（する） yoyaku(suru) 預約

▶抽選（する） chûsen(suru) 抽選

▶先着 senchaku 先到

▶整理券 sêriken 號碼牌

▶参加（する） sanka(suru) 參加

▶登録（する） tôroku(suru) 登錄

▶有料 yûryô 收費

▶無料 muryô 免費

▶事前 jizen 事前、事先

▶申込書 môshikomisho 申請書

▶シアター shiatâ 劇院

▶限り kagiri 限制、限度

02 購買門票
チケット購入
こう にゅう

A: 大学生2枚お願いします。
だいがくせいにまい　ねが
daigakusê nimai onegaishimasu.

A: 請給我2張大學生票。

B: 学生証のご提示をお願いします。
がくせいしょう　ていじ　ねが
gakusêshô no goteiji o onegaishimasu.

B: 請出示學生證。

A: こちらです。
kochira desu.

A: 給你。

B: こちらはお先にお返しします。大学生
さき　かえ　だいがくせい
2枚で合計1200円でございます。
にまい　ごうけいせんにひゃくえん
kochira wa osaki ni okaeshishimasu. daigakusê nimai de gôkê sennihyakuen degozaimasu.

B: 這個先還給您。2張大學生票共計1200元。

2000円お預かりします。
にせん　えん　あず
nisen'en oazukarishimasu.

收您2000元。

A: 特別展は別料金ですか。
とくべつてん　べつりょうきん
tokubetsuten wa betsuryôkin desu ka?

A: 特展是另外收費嗎？

B: はい。特別展のチケットはあちらの窓
とくべつてん　まど
口でお買い求めください。
ぐち　か　もと
hai, tokubetsuten no chiketto wa achira no madoguchi de okaimotomekudasai.

B: 對，特展的門票請至那邊的窗口購買。

A: 分かりました。
わ
wakarimashita.

A: 我知道了。

B: お待たせしました。お先に800円お返
ま　さき　はっぴゃくえん　かえ
しします。
omataseshimashita. osaki ni happyakuen okaeshishimasu.

B: 讓您久等了。先找您800元。

こちらは大学生の入場券2枚でござ
だいがくせい　にゅうじょうけんにまい
います。
kochira wa daigakusê no nyûjôken nimai degozaimasu.

然後這邊是2張大學生的門票。

▼
旅遊觀光

02 購買門票 チケット購入 こうにゅう

日本我來了！實用延伸單句會話 ▶ 🎬 *Track 110*

尋找售票處的
時候用

チケット売場^{うりば}はどこですか。
chikettouriba wa doko desu ka?
請問售票處在哪？

チケットはどこで買^かえますか。
chiketto wa doko de kaemasu ka?
請問哪裡可以買到票？

在售票處的
時候用

入場料^{にゅうじょうりょう}はいくらですか。
nyûjôryô wa ikura desu ka?
入場費多少錢？

当日券^{とうじつけん}はありますか。
tôjitsuken wa arimasu ka?
請問有當日票嗎？

チケットはまだありますか。
chiketto wa mada arimasu ka?
請問還有票嗎？

購買學生票的
時候用

学生割引^{がくせいわりびき}はあります
か。
gakusêwaribiki wa arimasu ka?
請問有學生優惠嗎？

購買團體票的
時候用

団体割引^{だんたいわりびき}はあります
か。
dantaiwaribiki wa arimasu ka?
請問有團體優惠嗎？

何名^{なんめい}から団体割引^{だんたいわりびき}が適^{てき}
用^{よう}されますか。
nanmê kara dantaiwaribiki ga
tekiyôsaremasu ka?
要多少人才能買團體票？

Entertainment Tickets 文娯

チケットぴあ

▶チケット　chiketto　票

▶チケット<ruby>売場<rt>うりば</rt></ruby>／チケットブース

chikettouriba／chikettobûsu　售票處

▶<ruby>窓口<rt>まどぐち</rt></ruby>　madoguchi　窗口

▶<ruby>入場料<rt>にゅうじょうりょう</rt></ruby>　nyûjôryô　入場費

▶<ruby>入場券<rt>にゅうじょうけん</rt></ruby>　nyûjôken　入場券、門票

▶<ruby>当日券<rt>とうじつけん</rt></ruby>　tôjitsuken　當日票

▶<ruby>前売り券<rt>まえう けん</rt></ruby>　maeuriken　預售票

▶<ruby>大人<rt>おとな</rt></ruby>　otona　大人

▶<ruby>中人<rt>ちゅうにん</rt></ruby>　chûnin　少年（中、小學生）

▶<ruby>小人<rt>しょうにん</rt></ruby>　shônin　兒童（小學生以下）

▶シニア　shinia　長者

▶<ruby>一般<rt>いっぱん</rt></ruby>　ippan　一般

▶<ruby>大学生<rt>だいがくせい</rt></ruby>　daigakusê　大學生

▶<ruby>高校生<rt>こうこうせい</rt></ruby>　kôkôsê　高中生

▶<ruby>中学生<rt>ちゅうがくせい</rt></ruby>　chûgakusê　國中生

▶<ruby>小学生<rt>しょうがくせい</rt></ruby>　shôgakusê　小學生

▶<ruby>小中高生<rt>しょうちゅうこうせい</rt></ruby>　shôchûkôsê　小中高生

▶<ruby>幼児<rt>ようじ</rt></ruby>　yôji　幼兒

▶<ruby>個人<rt>こじん</rt></ruby>　kojin　個人

▶<ruby>団体<rt>だんたい</rt></ruby>　dantai　團體

03 觀看表演
イベント鑑賞(かんしょう)

日本我來了！臨場威100%情境對話　🔊 *Track 112*

A: すみません、こちらは入場(にゅうじょう)待(ま)ちの列(れつ)ですか。

sumimasen, kochira wa nyûjômachi no retsu desu ka?

B: いや、こっちは物販(ぶっぱん)の列(れつ)です。入場(にゅうじょう)列(れつ)はあっちです。

iya, kocchi wa buppan no retsu desu. nyûjôretsu wa acchi desu.

A: 分(わ)かりました。ありがとうございます。

wakarimashita. arigatôgozaimasu.

（入場時(にゅうじょうじ)）

C: チケットを拝見(はいけん)いたします。

chiketto o haiken'itashimasu.

A: 席(せき)まで案内(あんない)していただけますか。

seki made annaishite itadakemasu ka?

C: かしこまりました。お客様(きゃくさま)のご案内(あんない)をお願(ねが)いします。

kashikomarimashita. okyakusama no goannai o onegaishimasu.

D: お客様(きゃくさま)、こちらへどうぞ。

okyakusama, kochira e dôzo.

中(なか)は暗(くら)くなっておりますので、お足元(あしもと)にご注意(ちゅうい)ください。

naka wa kuraku natte orimasu node, oashimoto ni gochûikudasai.

A: 不好意思，請問這是排入場的隊伍嗎？

B: 不是，這邊是排買周邊商品的隊伍。入場隊伍是那邊。

A: 我知道了，謝謝。

（入場時）

C: 請讓我看一下您的票。

A: 能請你們帶我到座位上嗎？

C: 好的。請幫客人帶位。

D: 您好，請往這邊走。

裡頭很暗，請留意您的腳步。

排隊的時候用

こちらが最後尾ですか。
kochira ga saikōbi desu ka?
這邊是隊伍的尾端嗎？

詢問表演相關
問題的時候用

開場は何時からですか。
kaijō wa nanji kara desu ka?
請問幾點開始入場？

上演時間はどのくらいありますか。
jōenjikan wa dono kurai arimasu ka?
請問演出時間大約多長呢？

合間の休憩はありますか。
aima no kyūkē wa arimasu ka?
請問會有中場休息嗎？

まだ入れますか。
mada hairemasu ka?
還能進去嗎？

尋找座位的
時候用

この席は空いていますか。
kono seki wa aite imasu ka?
這個位子有人坐嗎？

二階席はどこから入るのですか。
nikaiseki wa doko kara hairu no desu ka?
二樓的席位要從哪邊進去呢？

會場內的廣播

まもなく開演いたします。
ma mo naku kaienitashimasu.
表演即將開始。

本日の公演は全て終了致しました。
honjitsu no kōen wa subete shūryōitashimashita.
本日的演出已全數結束。

日本我來了！補充單字 ▶ 🎧 *Track 114*

▶鑑賞（する）kanshô(suru) 鑑賞

▶公演 kôen 公演

▶会場 kaijô 會場

▶物販／物品販売 buppan／buppinhanbai 販售商品

▶入場（する）nyûjô(suru) 入場

▶出演（する）shutsuen(suru) 演出、出場

▶開場（する）kaijô(suru) 開放入場

▶開演（する）kaien(suru) 開始演出

▶終演（する）shûen(suru) 演出結束

▶終了（する）shûryô(suru) 結束

▶休憩（する）kyûkê(suru) 休息

▶合間 aima 空檔

▶最後尾 saikoubi 隊伍的尾端

▶拝見（する）haiken(suru) 看（謙讓語）

▶半券 hanken 票根

▶アリーナ arîna 搖滾區（設置在場地內平常是空地部分的席位）

▶スタンド sutando 看台區（場地內原先就設有的席位）

04 拍照留念
記念写真を撮る
きねんしゃしんをとる

A: すみません、ここで写真を撮ってもいいでしょうか。
sumimasen, koko de shashin o totte mo ii deshô ka?

A: 不好意思，請問能在這裡拍照嗎？

B: はい、大丈夫ですよ。撮ってあげましょうか。
hai, daijôbu desu yo. totte agemashô ka?

B: 可以喔。需要我幫你們拍嗎？

A: いいんですか。ありがとうございます。じゃ、お願いします。
iin desu ka? arigatôgozaimasu. ja, onegaishimasu.

A: 可以嗎？謝謝你。那麼就麻煩你了。

B: あっ、これ、どうやって使うんですか。
a, kore, dô yatte tsukaun desu ka?

B: 啊，這個要怎麼用啊？

A: 右にあるボタンを押せばいいです。
migi ni aru botan o oseba ii desu.

A: 只要按下右邊的按鍵就可以了。

B: オッケー、オッケー！もうちょっと寄って。
okkê, okkê! mô chotto yotte.

B: OK、OK！再靠近一點。

撮りますよ。はい、チーズ！
torimasu yo. hai, chîzu!

要拍囉，來～笑一個！

はい、撮れましたよ。確認してみて。
hai, toremashita yo. kakuninshite mite.

拍好了喔，你確認一下。

A: 縦でもう1枚お願いします。
tate de mô ichimai onegaishimasu.

A: 麻煩你再拍一張直的。

B: 分かりました。
wakarimashita.

B: 我知道了。

Chapter
4

Part 1

Part 2

Part 3

▼
旅遊觀光

04
拍照留念　記念写真を撮る

日本我來了！實用延伸單句會話　🔊 Track 116

詢問能否錄影的時候用

ここでビデオを回^{まわ}してもいいですか。
koko de bideo o mawashite mo ii desu ka?
請問能在這裡錄影嗎？

詢問能否使用閃光燈的時候用

フラッシュをたいてもいいですか。
furasshu o taite mo ii desu ka?
請問能開閃光燈嗎？

提出拍照細節要求的時候用

あなたの写真^{しゃしん}を撮^とってもいいですか。
anata no shashin o totte mo ii desu ka?
請問能拍攝你的照片嗎？

富士山^{ふ じ さん}を背景^{はいけい}にして撮^とってください。
Fujisan o haikê ni shite totte kudasai.
請幫我用富士山當背景拍照。

私^{わたし}と一緒^{いっしょ}に写真^{しゃしん}を撮^とっていただけませんか。
watashi to issho ni shashin totte itadakemasen ka?
能請你和我一起拍張照嗎？

洗照片的時候用

写真^{しゃしん}の印刷^{いんさつ}をお願^{ねが}いしたいのですが……。
shashin no insatsu o onegaishitai no desu ga......
我想沖洗相片。

關於拍照的禁止事項

ここは撮影禁止^{さつえいきん し}となっております。
koko wa satsuêkinshi to natte orimasu.
這裡禁止攝影。

三脚^{さんきゃく}の使用^{し よう}はご遠慮^{えんりょ}ください。
sankyaku no shiyô wa goenryokudasai.
請勿使用三腳架。

▶写真 shashin 照片

▶ツーショット tsûshotto 雙人合照

▶ポーズ pôzu 姿勢

▶撮る toru 拍（照）、錄（影）

▶撮影（する） satsuê(suru) 攝影

▶録画（する） rokuga(suru) 錄影

▶自撮り（する） jidori(suru) 自拍

▶カメラ kamera 照相機、攝影機

▶デジカメ dejikame 數位相機

▶一眼レフ ichiganrefu 單眼相機

▶ビデオカメラ bideokamera 攝影機

▶レンズ renzu 鏡頭

▶シャッター shattâ 快門

▶フラッシュ furasshu 閃光燈

▶フィルム firumu 底片

▶フィルター firutâ 濾鏡

▶焦点距離 shôtenkyori 焦距

▶画素 gaso 像素

▶自撮り棒 jidoribô 自拍棒

▶三脚 sankyaku 三腳架

▶背景 haikê 背景

▶印刷（する） insatsu(suru) 印刷

▶アルバム arubamu 相簿

01 自然景觀
景観観賞
けい かん かん しょう

A: うわー、きれい！なんか感動的！
かんどうてき
uwâ, kirê! nanka kandôteki.

B: 富士山を見るのは初めて？
ふ じ さん み はじ
Fujisan o miru no wa hajimete?

A: いえ、でもこんなに近くで見るのは初
ちか み はじ
めてです。
ie, demo konna ni chikaku de miru no wa hajimete
desu.

雨さえなければ、きっともっときれい
あめ
ですよね。
ame sae nakereba, kitto motto kirê desu yone.

B: そうですね。
sô desu ne.

雨の富士山も悪くないですが、やはり
あめ ふ じ さん わる
晴れている日のその凛とした感じが一
ひ りん かん いち
番いいですよね。
ばん
ame no Fujisan mo waruku nai desu ga, yahari
harete iru hi no sono rin to shita kanji ga ichiban ii
desu yo ne.

ちなみに、ロープウエーにはもう乗り
の
ました？
chinamini, rôpuwê ni wa mô norimashita?

A: これから乗るんです。
の
kore kara norun desu.

B: そうですか。ゴンドラから見るとまた
み
違った感じがするはずですよ。
ちが かん
sô desu ka. gondora kara miru to mata chigatta
kanji ga suru hazu desu yo.

A: 哇〜好美！有種令人感
動的感覺！

B: 你是第一次看到富士山
嗎？

A: 不是，但是第一次靠這
麼近看。

如果沒有下雨的話，一
定會更美吧。

B: 對呀。

雨天的富士山是也不
壞，但果然還是晴天那
種凜然的感覺最棒了對
吧。

順便問問，你搭過纜車
了嗎？

A: 待會正要搭。

B: 這樣啊。從車廂看出來
應該又是不同的感覺
喔。

讚嘆景色的 時候用	素晴（すば）らしい景色（けしき）ですね。 subarashī keshiki desu ne. 好美的景色喔。
詢問景觀是否 可見的時候用	ここから富士山（ふじさん）が見（み）えますか。 koko kara Fujisan ga miemasu ka? 從這裡看得見富士山嗎？
	晴（は）れの日（ひ）には見（み）えます。 hare no hi ni wa miemasu. 天氣好的時候就看得到。
詢問季節景觀 變化的時候用	冬（ふゆ）には雪（ゆき）が降（ふ）りますか。 fuyu ni wa yuki ga furimasu ka? 冬天時會下雪嗎？
	秋（あき）には赤（あか）く染（そ）まりますか。 aki ni wa akaku somarimasu ka? 秋天時會被染紅嗎？
詢問取景地點 的時候用	一番（いちばん）いい撮影（さつえい）スポットなどはありますか。 ichiban ii satsuêsupotto nado wa arimasu ka? 有沒有什麼絕佳的拍照地點？

日本我來了！補充單字 🎧 Track 120

▶ 景色 keshiki 風景、景色

▶ 景観 kêkan 景觀

▶ 絶景 zekkê 絕景

▶ 夜景 yakê 夜景

▶ 大自然 daishizen 大自然

▶ 山 yama 山

▶ 谷 tani 谷

▶ 高原 kôgen 高原

▶ 川 kawa 河流

▶ 湖 mizuumi 湖

▶ 滝 taki 瀑布

▶ 海 umi 海

▶ 森 mori 森林

▶ 草原 sôgen 草原

▶ 雪 yuki 雪

▶ ロープウエー rôpuwê 纜車

▶ ゴンドラ gondora 纜車的車廂

▶ きれい kirê 漂亮

▶ 美しい utsukushii 美麗

▶ 神秘的 shinpiteki 帶有神祕感的

▶ 感動的 kandôteki 令人感動的

02 歴史古蹟
歴史(れきし)スポットにて

  Track 121

A: 日光東照宮(にっこうとうしょうぐう)のことを詳(くわ)しく知(し)りたいのですが、紹介(しょうかい)していただけますか。

Nikkô Tôshôgû no koto o kuwashiku shiritai no desu ga, shôkaishite itadakemasu ka?

A: 我想多了解一些日光東照宮的事，可以請你幫我介紹嗎？

B: そうですね……まず東照宮(とうしょうぐう)はどんな神社(じんじゃ)か、ということから話(はな)しましょう。

sô desu ne……mazu tôshôgû wa donna jinja ka, to iu koto kara hanashimashô.

B: 嗯……那首先就從東照宮是個怎樣的神社講起吧。

江戸幕府(えどばくふ)の創設者(そうせつしゃ)、徳川家康(とくがわいえやす)という人物(じんぶつ)はご存知(ぞんじ)ですか。

edobakufu no sôsetsusha, Tokugawa Ieyasu to iu jinbutsu wa gozonji desu ka?

您知道江戶幕府的創設者德川家康這個人嗎？

A: はい、聞(き)いたことがあります。

hai, kiita koto ga arimasu.

A: 知道，我有聽説過他。

B: その方(かた)が神格化(しんかくか)されて、東照大権現(とうしょうだいごんげん)という神様(かみさま)になられました。

sono kata ga shinkakukasarete, Tôshôdaigongen to iu kamisama ni nararemashita.

B: 他被神格化，變成了被稱為東照大權現的神明。

その神様(かみさま)を祀(まつ)る神社(じんじゃ)が東照宮(とうしょうぐう)で、この日光東照宮(にっこうとうしょうぐう)はその総本社(そうほんしゃ)なのです。

sono kamisama o matsuru jinja ga Tôshôgû de, kono Nikkô Tôshôgû wa sono sôhonsha na no desu.

祭祀那位神明的神社就是東照宮，而這座日光東照宮則是東照宮的總本社。

A: 東照宮(とうしょうぐう)はこのほかにもたくさんあるということですか。

Tôshôgû wa kono hoka ni mo takusan aru to iu koto desu ka?

A: 意思是説東照宮除了這座以外還有很多座嗎？

B: そうです。日本各地に約 1 3 0 社存在しています。

sô desu. Nihon kakuchi ni yaku hyakusanju ssha sonzaishite imasu.

A: なるほど。

naru hodo.

B: 沒錯。日本各地約有 130座。

A: 原來如此。

日本我來了！實用延伸單句會話 ▶ 🎧 *Track 122*

詢問古蹟背景的時候用	ここの歴史を教えていただけませんか。

koko no rekishi o oshiete itadakemasen ka?
能請你告訴我這裡的歷史嗎？

ここはいつ建てられたのですか。
koko wa itsu taterareta no desu ka?
這裡是何時建造的呢？

ここは誰によって建てられたのですか。
koko wa dare ni yotte taterareta no desu ka?
這裡是由誰建造的呢？

ここは何故建てられたのですか。
koko wa naze taterareta no desu ka?
這裡是為何而建造的呢？

ここの正式名称は何ですか。
koko no sêshikimêshô wa nan desu ka?
這裡的正式名稱是什麼呢？

今の瑞鳳殿は再建されたものですか。
ima no Zuihôden wa saikensareta mono desu ka?
現今的瑞鳳殿是重建過的嗎？

詢問歷史人物背景的時候用	この人はどんな人物ですか。

kono hito wa donna jinbutsu desu ka?
這個人是個怎樣的人物呢？

詢問箇中涵義的時候用	三猿には何か意味がありますか。

sanzaru ni wa nani ka imi ga arimasu ka?
三猿帶有什麼樣的意義嗎？

日本我來了！補充單字　🔊 *Track 123*

▶ 歴史（れきし） rekishi　歷史

▶ 歴史上（れきしじょう）の人物（じんぶつ） rekishi jô no jinbutsu　歷史人物

▶ 意味（いみ） imi　意義

▶ 理由（りゆう） riyû　理由

▶ 創設（そうせつ）（する） sôsetsu(suru)　創設、創建

▶ 古跡（こせき） koseki　古蹟

▶ 建造物（けんぞうぶつ） kenzôbutsu　建築物

▶ 建（た）てる tateru　建設

▶ 焼失（しょうしつ）（する） shôshitsu(suru)　焚毀

▶ 再建（さいけん）（する） saiken(suru)　重建

▶ 文化財（ぶんかざい） bunkazai　文化財產

▶ 文化遺産（ぶんかいさん） bunkaisan　文化遺產

▶ 世界遺産（せかいいさん） sekaiisan　世界遺產

▶ 国宝（こくほう） kokuhô　國寶

▶ 門（もん） mon　大門

▶ 屋根（やね） yane　屋頂

▶ 柱（はしら） hashira　柱子

▶ 天守閣（てんしゅかく） tenshukaku　天守閣（城池中央最高的建築）

166

03 寺社巡禮
寺社巡り
じ しゃ めぐ

A: すみません、引いたおみくじはどのように処分すればいいでしょうか。
sumimasen, hiita omikuji wa dono yô ni shobunsureba ii deshô ka?

B: 凶が出たらおみくじ掛けに結んでください。それ以外は持ち帰って結構です。
kyô ga detara omikujikake ni musunde kudasai. sore igai wa mochikaette kekkô desu.

A: おみくじ掛けはどこにありますか。
omikujikake wa doko ni arimasu ka?

B: 御神木のすぐ隣です。
goshinboku no sugu tonari desu.

A: 分かりました。ありがとうございます。
wakarimashita. arigatôgozaimasu.

（授与所にて）

A: 絵馬と家内安全のお守りをください。
ema to kanaianzen no omamori o kudasai.

C: 1100円でございます。
senhyakuen degozaimasu.

A: このお守りはどうやって持っていれば一番ご利益があるのですか。
kono omamori wa dô yatte motte ireba ichiban goriyaku ga aru no desu ka?

C: かばんやお財布などに入れて、なるべく身につけるようにしてください。
kaban ya osaifu nado ni irete, narubeku mi ni tsukeru yô ni shite kudasai.

A: 不好意思，請問抽完的神籤該怎麼處理才好呢？

B: 如果是凶的話就綁在綁神籤的架子上，其他的可以帶回家。

A: 綁籤的架子在哪裡呢？

B: 就在神木的旁邊。

A: 我知道了，謝謝。

（在授予所）

A: 請給我繪馬和闔家平安的御守。

C: 1100元。

A: 這個御守要怎樣才最有效果呢？

C: 請放進包包或錢包裡，盡量隨身攜帶。

詢問寺社相關問題的時候用

何時から何時までお参りできますか。
nanji kara nanji made omairidekimasu ka?
請問可以參拜的時間是幾點到幾點？

ここは何の神様をお祀りしていますか。
koko wa nan no kamisama o omatsurishite imasu ka?
這裡祭祀的是什麼神明呢？

ここのご利益は何でしょうか。
koko no goriyaku wa nan deshō ka?
這裡能夠祈求什麼呢？

詢問參拜相關問題的時候用

お参りの順序はありますか。
omairi no junjo wa arimasu ka?
參拜時有固定的順序嗎？

身内に不幸があったのですが、参拝しても構いませんか。
miuchi ni fukō ga atta no desu ga, sanpaishite mo kamaimasen ka?
我家中有人過世，這樣可以參拜沒關係嗎？

ご祈願を受けたいのですが、申し込みはどうしたらいいのですか。
gokigan o uketai no desu ga, mōshikomi wa dōshitara ii no desu ka?
我想接受祈福，請問我該怎麼申請？

索取朱印的時候用

御朱印を頂きたいのですが……。
goshuin o itadakitai no desu ga……
我想領取朱印。

還願的時候用

お礼参りに来たのですが、どうすればいいのですか。
orēmairi ni kita no desu ga, dō sureba ii no desu ka?
我是來還願的，請問我該怎麼做才好呢？

日本我來了！補充單字 ▶ 🎧 *Track 126*

▶ **お寺** otera 佛寺

▶ **神社** jinja 神社

▶ **神様** kamisama 神明

▶ **ご利益** goriyaku 神明給予的恩惠

▶ **御神木** goshinboku 神木

▶ **参拝（する）／お参り（する）** sanpai(suru)／omairi(suru) 參拜

▶ **お礼参り（する）** orêmairi(suru) 還願

▶ **拝観（する）** haikan(suru) 參觀（自謙語）

▶ **手水／手水** chôzu／temizu
手水（參拜前用來潔淨雙手及口腔的神水）

▶ **お賽銭** osaisen 香油錢

▶ **お守り** omamori
御守、護身符

▶ **おみくじ** omikuji 神籤

▶ **御札** ofuda 神符

▶ **絵馬** ema 繪馬
（祈願用的屋型木板）

▶ **おみくじ掛け** omikujikake 用來綁神籤的架子

▶ **絵馬掛け** emakake 懸掛繪馬的架子

▶ **ご祈願** gokigan 祈福

▶ **御朱印** goshuin 朱印

▶ **鳥居** torii 鳥居（神社中用來代表神域入口的一種門）

▶ **狛犬** komainu 石獅子

▶ **本殿** honden 本殿（安置神體的殿堂）

▶ **拜殿** haiden 拜殿（進行祭祀、禮拜的殿堂）

▶ **社務所** shamusho 社務所（處理神社事務的場所）

▶ **授与所／お授け所** juyojo／osazukejo

　授予所（販賣御守、神符等物品的場所）

▶ **参道** sandô 參道（信徒參拜所經之路）

日本我來了——觀光遊樂篇

Chapter
4

Part 1
Part 2
Part 3

▼
遊覽場所

03
寺社巡禮　寺社(じしゃめぐり)巡り

參拜寺社注意事項

▼

寺社、寺社說的就是寺院和神社,那麼這兩種宗教場所究竟有什麼不一樣呢?最根本上的不同就是:神社是祭祀神道教神明的地方,寺院則是祭祀佛教神明的地方。所以看看它是否有神道教中象徵神域和俗世分界的鳥居,便是從外觀上區分兩者最容易的方法。

雖然日本的寺院和神社給人的感覺很像,但實際上在參拜的方式上還是略有不同,下面就來看看寺社簡易的參拜方式要怎麼做吧!

神社:

❶ 在手水舍潔淨雙手和口腔

❷ 投入香油錢

❸ 搖響鈴鐺

❹ 二鞠躬二拍手後雙手合十祈禱,最後再一鞠躬

寺院:

❶ 在手水舍潔淨雙手和口腔

❷ 投入香油錢

❸ 雙手合十祈禱後一鞠躬

那麼,香油錢又該投多少好呢?其實香油錢只是表達心意,想投多少都可以。不過由於日文中的五元與「有緣」諧音,所以很多人都會投下一枚五元硬幣象徵與神明結緣。另外,如果身上剛好沒有五元硬幣,投下與「良緣」諧音的十一元也是不錯的選擇喔!

日本我來了！寺廟內看得到的東西

賽銭箱　香油錢箱
<small>さいせんばこ</small>

手水／手水　手水
<small>ちょうず　てみず</small>

鳥居　鳥居
<small>とりい</small>

神社　神社
じんじゃ

絵馬　繪馬
えま

お守り　御守、護身符
まも

お地蔵様　地藏王菩薩

おみくじ　神籤

こまいぬ
狛犬　石獅子

神前式 神前式（神道式婚禮）

お寺 佛寺

巫女 巫女

石段 石階

灯篭 燈籠

04 逛博物館
博物館見学
はく ぶつ かん けん がく

A: すみません、中国語のパンフレットと
ちゅうごく ご
音声ガイドはありますか。
おんせい

sumimasen, chûgokugo no panfuretto to onsêgaido wa arimasu ka?

A: 不好意思，請問有中文的簡介冊和語音導覽嗎？

B: パンフレットはこちらでございます。

panfuretto wa kochira degozaimasu.

B: 這是您要的簡介。

音声ガイドについてですが、言語の対
おんせい　　　　　　　　　　　げん ご　たい
応は日本語と英語のみになっておりま
おう　に ほん ご　えい ご
す。よろしいでしょうか。

onsêgaido ni tsuite desu ga, gengo no taiô wa nihongo to êgo nomi ni natte orimasu. yoroshii deshô ka?

語音導覽的部分，支援的語言只有日文和英文，您可以接受嗎？

A: はい、大丈夫です。1台お願いしま
だいじょう ぶ　　　　　　いちだい　ねが
す。

hai, daijôbu desu. ichi dai onegaishimasu.

A: 可以，請給我1台。

B: かしこまりました。500円のご利用
ごひゃく えん　　　　り よう
料金をいただきます。
りょうきん

kashikomarimashita. gohyaku en no goriyôryôkin o itadakimasu.

B: 好的。和您收取500元的使用費。

500円ちょうど頂戴します。こちら
ごひゃく えん　　　　　ちょうだい
が音声ガイドでございます。
おんせい

gohyaku en chôdo chôdaishimasu. kochira ga onsêgaido degozaimasu.

收您500元整。這是您的語音導覽。

ご利用がお済みになりましたら、こち
りょう　　　す
らまでご返却くださいませ。
へんきゃく

goriyô ga osumi ni narimashitara, kochira made gohenkyakukudasaimase.

使用完畢之後，請您協助歸還於此。

A: はい。あと、館内ガイドツアーに参加 したいのですが、予約は要りますか。

hai. ato, kannaigaidotsuâ ni sankashitai no desu ga, yoyaku wa irimasu ka?

B: 予約は不要でございます。開催時間に 直 接 集 合場所へお越しくださいま せ。

yoyaku wa fuyô degozaimasu. kaisaijikan ni chokusetsu shûgôbasho e okoshikudasaimase.

A: 分かりました。ありがとうございま す。

wakarimashita. arigatôgozaimasu.

A: 好。還有，我想參加 館內巡迴導覽，那需 要預約嗎？

B: 不需要預約，請您在 舉辦時間直接到集合 地點。

A: 我知道了，謝謝。

日本我來了！實用延伸單句會話　　🎧 *Track 128*

| 詢問休館日的 時候用 | 休 館日はいつですか。 kyūkanbi wa itsu desu ka? 請問休館日是哪天？ |

| 詢問特展的 時候用 | 今、何か特別展をやっていますか。 oma, nani ka tokubetsuten o yatte imasu ka? 現在有什麼特展嗎？ |

特別展は別料 金ですか。
tokubetsuten wa betsuryōkin desu ka?
特展要另外收費嗎？

| 詢問作品資訊 的時候用 | これは誰の作品ですか。 kore wa dare no sakuhin desu ka? 這是誰的作品？ |

これはいつ頃の作品ですか。
kore wa itsugoro no sakuhin desu ka?
這是什麼時期的作品？

これはどのような作品ですか。
kore wa dono yô na sakuhin desu ka?
這是怎樣的作品？

ここより先は関係者以外立ち入り禁止となっております。
koko yori saki wa kankēsha igai tachiiri kinshi to natte orimasu.
前方非工作人員禁止進入。

フラッシュの使用はご遠慮ください。
furasshu no shiyō wa goenryokudasai.
請勿使用閃光燈。

手を触れないでください。
te o furenaide kudasai.
請勿觸摸。

日本我來了！補充單字　🎧 *Track 129*

▶開館（する）　かいかん kaikan(suru)　開館

▶閉館（する）　へいかん hêkan(suru)　閉館

▶入館（する）　にゅうかん nyûkan(suru)　入館

▶見学（する）　けんがく kengaku(suru)　參觀

▶展示（する）　てんじ tenji(suru)　展示

▶返却（する）　へんきゃく henkyaku(suru)　歸還

▶音声ガイド　おんせい onsêgaido　語音導覽

▶言語　げんご gengo　語言

▶ガイドツアー　gaidotsuâ　巡迴導覽

▶休館日　きゅうかんび kyûkanbi　休館日

▶常設展　じょうせつてん jôsetsuten　常設展

▶特別展／特別展示　とくべつてん／とくべつてんじ tokubetsuten／tokubetsutenji　特展

▶館内案内　かんないあんない kannaiannai　館內簡介

▶ギフトショップ／ミュージアムショップ
gifutoshoppu／myûjiamushoppu　禮品店

▶作品　さくひん sakuhin　作品

▶作者　さくしゃ sakusha　作者

▶レプリカ　repurika　複製品

▶本物　ほんもの honmono　真品

05 逛遊樂園

遊園地を楽しむ
ゆう えん ち / たの

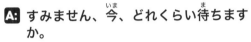

日本我來了！臨場感100%情境對話　🎯 *Track 130*

A: すみません、今、どれくらい待ちます
か。
いま　　　　　　　　ま

sumimasen, ima, dore kurai machimasu ka?

A: 不好意思，請問現在大
概要排多久？

B: 只今待ち時間は約2時間４０分でござ
ただいま　ま　じかん　やくに じかんよんじゅっぷん
います。

tadaima machijikan wa yaku nijikan yonjuppun
degozaimasu.

B: 現在大約需要排2個小
時40分鐘。

A: 長いな……これ、ファストパスはあり
なが
ますか。

nagai na……kore, fasutopasu wa arimasu ka?

A: 好久……這個有快速通
行券嗎？

B: はい、あちらの発券機でお求めいただ
はっけん き　　もと
けます。

hai, achira no hakkenki de omotome itadakemasu.

B: 有，可以在那邊的發券
機索取。

A: 分かりました。ありがとうございま
わ
す。

wakarimashita. atigatôgozaimasu.

A: 我知道了，謝謝。

（指定時間になり）
し てい じ かん

（到了指定時間）

A: ファストパスの入口はこちらですか。
いりぐち

fasutopasu no iriguchi wa kochira desu ka?

A: 這邊是快速通行的入口
嗎？

B: はい。ファストパスをお持ちのお客様
も　　　　　きゃくさま
はこちらからお進みください。
すす

hai. fasutopasu o omochi no okyakusama wa
kochira kara osusumikudasai.

B: 對，持有快速通行券的
遊客請從這邊前進。

▼
遊覽場所

05 逛遊樂園 遊園地を楽しむ

日本我來了！實用延伸單句會話 ▶ 🔴 *Track 131*

詢問如何取得快速通行券的時候用

ファストパスはどうやってもらえばいいですか。
fasutopasu wa dō yatte moraeba ii desu ka?
快速通行券要如何取得？

詢問遊樂設施相關問題的時候用

このアトラクションは濡れますか。
kono atorakushon wa nuremasu ka?
搭這項遊樂設施會弄濕嗎？

このアトラクションは一周どれくらいかかりますか。
kono atorakushon wa isshū dore kurai kakarimasu ka?
這項遊樂設施搭一圈大概需要多久？

身長制限はありますか。
shinchōsēgen wa arimasu ka?
有身高限制嗎？

指定座位的時候用

一番前の席に座りたいのですが……。
ichiban mae no seki ni suwaritai no desu ga……
我想坐在最前面的位子。

遊樂設施搭乘指示

お一人様でご利用のお客様はいらっしゃいますか。
ohitorisama de goriyō no okyakusama wa irasshaimasu ka?
現場有一位的客人嗎？

3番へお進みください。
sanban e osusumikudasai.
請往3號搭乘口前進。

スタッフが声をかけるまで、座席に座ったままでお待ちください。
sutaffu ga koe o kakeru made, zaseki ni suwatta mama de omachikudasai.
在工作人員上前迎接前，請坐在座位上等候。

シートベルトをしっかりお締めください。
shītoberuto o shikkari oshimekudasai.
請繫緊安全帶。

▶遊園地 yûenchi 遊樂園

▶テーマパーク têmapâku 主題樂園

▶ファストパス fasutopasu 快速通行券（迪士尼）

▶エクスプレス ekusupuresu 快速通行券（環球影城）

▶アトラクション atorakushon 遊樂設施

▶エントランス entoransu 入口、大門

▶入口 iriguchi 入口

▶出口 deguchi 出口

▶安全バー anzenbâ 安全桿

▶シートベルト shîtoberuto 安全帶

▶スタッフ sutaffu 工作人員

▶マスコット masukotto 吉祥物

▶キャラクター kyarakutâ 角色人物

▶グッズ guzzu 周邊商品

▶パレード parêdo 遊行

▶花火 hanabi 煙火

▶ショー shô 秀、表演

▶ジェットコースター jettokôsutâ 雲霄飛車

▶フリーフォール furîfôru 自由落體

▶海賊船 kaizokusen 海盜船

▶コーヒーカップ kôhîkappu 咖啡杯

▶メリーゴーランド／<ruby>回転木馬<rt>かいてんもくば</rt></ruby> merîgôrando／kaitenmokuba
旋轉木馬

▶<ruby>お化け屋敷<rt>ばやしき</rt></ruby> obakeyashiki 鬼屋

▶<ruby>迷路<rt>めいろ</rt></ruby> mêro 迷宮

▶<ruby>観覧車<rt>かんらんしゃ</rt></ruby> kanransha 摩天輪

Chapter 5

日本我來了！
暢享美食篇

01 預訂座位
席の予約
せき　よ　やく

日本我來了！臨場感100%情境對話　⊙ *Track 133*

A: お電話ありがとうございます。カフェ
でん　わ
のぞみでございます。
odenwa arigatôgozaimasu. kafe NOZOMI
degozaimasu.

B: 席の予約をしたいのですが……。
せき　よ　やく
seki no yoyaku o shitai no desu ga……

A: お席のご予約でございますね、ありが
せき　よ　やく
とうございます。
oseki no goyoyaku degozaimasu ne,
arigatôgozaimasu.

日時はお決まりでございますか。
にち　じ　き
nichiji wa okimari degozaimasu ka?

B: ２１日の夜７時です。
にじゅういちにち　よる　しち　じ
nijûichinichi no yoru shichiji desu.

A: 感謝您的來電，這裡是
咖啡廳NOZOMI。

B: 我想訂位。

A: 訂位嗎，謝謝您。

請問您的日期時間已經
確定了嗎？

B: 21號晚上7點。

A: ２１日の夜７時でございますね。何名様でいらっしゃいますか。

nijûichinichi no yoru shichiji degozaimasu ne. nanmêsama de irasshaimasu ka?

A: 21號晚上7點嗎，請問是幾位用餐呢？

B: 2名です。

nimê desu.

B: 2位。

A: 2名様でございますね。確認いたしますので、少々お待ちください。

nimêsama degozaimasu ne. kakuninitashimasu node, shôshô omachikudasai.

A: 2位嗎，這裡為您確認，請稍候。

お客様、お待たせしました。ご希望の日時でご利用頂けます。ご予約でよろしいでしょうか。

okyakusama, omataseshimashita. gokibô no nichiji de goriyô itadakemasu. goyoyaku de yoroshii deshô ka?

讓您久等了，您要的時間有位子，我直接幫您預約可以嗎？

B: はい、お願いします。

hai, onegaishimasu.

B: 好，麻煩你了。

詢問訂位者
資訊的時候用

お客様のお名前とお電話番号をいただけますか。
okyakusama no onamae to odenwabangô o itadakemasu ka?
請給我您的姓名和電話。

沒有位子的
時候用

その時間は満席となっております。
sono jikan wa manseki to natte orimasu.
很抱歉，那個時間已經客滿了。

本日は貸切でございます。
honjitsu wa kashikiri degozaimasu.
很抱歉，今天已經被包場了。

何時なら大丈夫ですか。
nanji nara daijôbu desu ka?
那幾點會有位子？

8時以降でしたら、お席をご用意できますが、いかがなさいますか。
hachiji ikô deshitara, oseki o goyôidekimasu ga, ikaganasaimasu ka?
8點以後的話就能為您準備位子，您意下如何？

對座位安排
提出要求的
時候用

全員同じテーブルでお願いします。
zen'in onaji têburu de onegaishimasu.
請把我們全部安排在同一桌。

テーブル席にしていただけますか。
têburuseki ni shite itadakemasu ka?
能請你安排桌子給我們嗎？

取消訂位的
時候用

予約をキャンセルしたいのですが……。
yoyaku o kyanserushitai no desu ga......
我想取消訂位。

▼
餐廳用餐

日本我來了！補充單字　 Track 135

▶予約（する）yoyaku(suru) 預約

▶キャンセル（する）kyanseru(suru) 取消

▶用意（する）yôi(suru) 準備

▶頂戴（する）chôdai(suru) 領受（謙讓語）

▶貸し切る kashikiru 包場

▶席 seki 座位

▶日時 nichiji 日期與時間

▶満席 manseki 客滿

▶以降 ikô 之後、以後

▶テーブル席 têburuseki 餐桌的位子

▶カウンター席 kauntâseki 吧台的位子

▶喫煙席 kitsuenseki 吸菸席

▶禁煙席 kin'enseki 禁菸席

▶予約席 yoyakuseki 預約席

01
預訂座位
席の予約

02 排隊等位子
席待ち
<ruby>席<rt>せき</rt></ruby><ruby>待<rt>ま</rt></ruby>ち

日本我來了！臨場感100%情境對話　🎧 *Track 136*

A: いらっしゃいませ、ご<ruby>予約<rt>よやく</rt></ruby>はなさっていますか。
irasshaimase, goyoyaku wa nasatte imasu ka?

A: 歡迎光臨，請問有預約嗎？

B: いえ、<ruby>今<rt>いま</rt></ruby>、<ruby>空<rt>あ</rt></ruby>いていますか。
ie, ima, aite imasu ka?

B: 沒有，現在有位子嗎？

A: <ruby>申<rt>もう</rt></ruby>し<ruby>訳<rt>わけ</rt></ruby>ございません、<ruby>只今満席<rt>ただいままんせき</rt></ruby>となっておりますので、お<ruby>待<rt>ま</rt></ruby>ち<ruby>頂<rt>いただ</rt></ruby>くことになります。
môshiwake gozaimasen, tadaima manseki to natte orimasu node, omachi itadaku koto ni narimasu.

A: 很抱歉，現在客滿了，要請您稍候。

B: そうですか。<ruby>待<rt>ま</rt></ruby>ち<ruby>時間<rt>じかん</rt></ruby>はどれくらいですか。
sô desu ka. machijikan wa dore kurai desu ka?

B: 這樣啊，大概要等多久？

A: <ruby>３０分<rt>さんじゅっぷん</rt></ruby>ほどになります。
sanjuppun hodo ni narimasu.

A: 大概30分鐘左右。

B: じゃあ、<ruby>待<rt>ま</rt></ruby>ちます。
jâ, machimasu.

B: 那我就等等。

A: ありがとうございます。こちらにお<ruby>名前<rt>なまえ</rt></ruby>と<ruby>人数<rt>にんずう</rt></ruby>をご<ruby>記入<rt>きにゅう</rt></ruby>してお<ruby>待<rt>ま</rt></ruby>ちください。
arigatôgozaimasu. kochira ni onamae to ninsû o go kinyûshite omachikudasai.

<ruby>空<rt>あ</rt></ruby>き<ruby>次第<rt>しだい</rt></ruby>お<ruby>名前<rt>なまえ</rt></ruby>を<ruby>呼<rt>よ</rt></ruby>びします。
aki shidai onamae o oyobishimasu.

A: 謝謝您。請在這裡填寫您的大名和人數之後稍候。

一有位子我們會喊您的名字。

B: <ruby>分<rt>わ</rt></ruby>かりました。
wakarimashita.

B: 我知道了。

日本我來了！實用延伸單句會話 ▶ 🎧 *Track 137*

▼
餐廳用餐

02
排隊等位子
席_{せき}待_まち

候位的時候用

相席_{あいせき}でよろしければすぐご案内_{あんない}できます。
aiseki de yoroshikereba sugu goannaidekimasu.
如果可以接受併桌的話就能立刻為您帶位。

５５番_{ごじゅうごばん}のお客様_{きゃくさま}はいらっしゃいますか。
gojūgoban no okyakusama wa irasshaimasu ka?
55號的客人在現場嗎？

列_{れつ}に並_{なら}んでお待_まちください。
retsu ni narande omachikudasai.
請排隊稍候。

可自由入座的時候用

どうぞお好_すきな席_{せき}におかけ
ください。
dōzo osuki na seki ni okakekudasai.
請隨意入座。

帶位的時候用

只今席_{ただいませき}の準備_{じゅんび}をいたしますので、少々_{しょうしょう}お待_まちい
ただけますでしょうか。
tadaima seki no junbi o itashimasu node, shōshō omachiitadakemasu
deshō ka?
現在正在為您準備座位，能請您稍候嗎？

お待_またせしました。お席_{せき}へご案内_{あんない}します。
omataseshimashita. oseki e goannaishimasu.
讓您久等了，現在為您帶位。

詢問是否吸菸的時候用

喫煙席_{きつえんせき}、禁煙席_{きんえんせき}のどちらになさいますか。
kitsuenseki, kin'enseki no dochira ni nasaimasu ka?
您要做吸菸席還是禁菸席？

不候位的時候用

じゃ、またにします。
ja, mata ni shimasu.
那就下次好了。

▶席待ち（する） sekimachi(suru) 候位

▶相席（する） aiseki(suru) 併桌

▶準備（する） junbi(suru) 準備

▶案内（する） annai(suru) 引導

▶記入（する） kinyû(suru) 填寫

▶空く aku 空下

▶次第 shidai 一……就……

▶かける kakeru 坐

▶待ち時間 machijikan 等候時間

▶人数 ninzû 人數

▶空席 kûseki 空位

▶列 retsu 隊伍

▶並ぶ narabu 排（隊）

03 點餐
注文する
ちゅう もん

A: おしぼりとお冷でございます。ご注文をお伺いしてよろしいでしょうか。
oshibori to ohiya degozaimasu. gochûmon o oukagaishite yoroshii deshô ka?

A: 為您送上濕毛巾和水。請問可以點餐了嗎？

B: もう少し時間をください。
mô sukoshi jikan o kudasai.

B: 再一下。

A: かしこまりました。ご注文が決まりましたら、お呼びくださいませ。
kashikomarimashita. gochûmon ga kimarimashitara, oyobikudasaimase.

A: 好的，要點餐的時候請喊我過來。

（しばらく経って）

（過了一會）

B: すみません、注文をお願いします。
sumimasen, chûmon o onegaishimasu.

B: 不好意思，我要點餐。

A: お待たせしました。何になさいますか。
omataseshimashita. nani ni nasaimasu ka?

A: 讓您久等了，請問要點什麼呢？

B: 季節のフルーツパフェ1つとチーズケーキ1つ。
kisetsu no furûtsu pafe hitotsu to chîzu kêki hitotsu.

B: 1個季節水果聖代和1個起司蛋糕。

どちらもセットでお願いします。飲み物は紅茶とアイスコーヒーで。
dochira mo setto de onegaishimasu. nomimono wa kôcha to aisukôhî de.

兩個都要套餐，飲料是紅茶和冰咖啡。

A: かしこまりました。ご注文を繰り返させていただきます。

kashikomarimashita. gochûmon o kurikaesasete itadakimasu.

季節のフルーツパフェセットお１つとチーズケーキセットお１つ、お飲み物は紅茶とアイスコーヒーでございますね。

kisetsu no furûtsu pafe setto ohitotsu to chîzukêki setto ohitotsu, onomimono wa kôcha to aisukôhî degozaimasu ne.

ご注文は以上でよろしいでしょうか。

gochûmon wa ijô de yoroshii deshô ka?

B: はい。

hai.

A: ありがとうございます。少々お待ちくださいませ。

arigatôgozaimasu. shôshô omachikudasaimase.

A: 好的。為您重複一下點餐的內容。

1個季節水果聖代套餐和1個起司蛋糕套餐，飲料是紅茶和冰咖啡。

您的餐點就是以上這些嗎？

B: 對。

A: 謝謝您，請您稍候片刻。

日本我來了！實用延伸單句會話 *Track 140*

詢問是否可以點餐的時候用

ご注文はお決まりでしょうか。
gochūmon wa okimari deshō ka?
可以為您點餐了嗎？

請店員推薦餐點的時候用

おすすめは何ですか。
osusume wa nan desu ka?
有什麼推薦的嗎？

一番人気のメニューは何ですか。
ichiban ninki no menyū wa nan desu ka?
最受歡迎的餐點是什麼？

詢問料理相關問題的時候用

これはどんな料理ですか。
kore wa donna ryōri desu ka?
這是怎樣的料理？

牛肉が食べられないので、入っているものを教えてください。
gyūniku ga taberarenai node, haitte iru mono o oshiete kudasai.
我不吃牛肉，請告訴我哪些有放。

詢問是否加點配料的時候用

トッピングはいかがなさいますか。
toppingu wa ikaganasaimasu ka?
請問要另外加點什麼配料嗎？

想要的餐點售完的時候用

申し訳ございません、チーズケーキは本日売り切れてしまいました。
mōshiwake gozaimasen, chīzukēki wa honjitsu urikirete shimaimashita.
很抱歉，起司蛋糕今天已經賣完了。

點和他人相同的料理時用

同じものをお願いします。
onaji mono o onegaishimasu.
我要一樣的。

變更點餐內容的時候用

注文を変更できますか。
chūmon o henkōdekimasu ka?
可以更改點餐內容嗎？

▶ 注文（する）chûmon(suru) 點餐、下單

▶ 伺う ukagau 問（謙讓語）

▶ 繰り返す kurikaesu 重複

▶ 決まる kimaru 決定

▶ 以上 ijô 以上

▶ おしぼり oshibori 濕毛巾

▶ お冷 ohiya 冷水（店員用語）

▶ メニュー menyû 菜單

▶ セット setto 套餐

▶ 単品 tanpin 單點

▶ トッピング toppingu 配料

▶ 飲み物／ドリンク nomimono 飲料

▶ 人気 ninki 受歡迎、有人氣

▶ 同じ onaji 同樣的、一樣的

▶ 売り切れる urikireru 售完

▶ 変更（する）henkô(suru) 更改

▶ 多め oome 多一點

▶ 少なめ sukuname 少一點

▶ 並盛り namimori 一般分量

▶ 大盛り oomori 大份量

04 用餐服務
食事中
しょくじちゅう

日本我來了！臨場感100%情境對話

🔊 *Track 142*

A: 大変お待たせしました。季節のフルーツパフェセットのお客様？
たいへん　ま　　　　　きせつ　　　　　　　　　　きゃくさま

taihen omataseshimashita. kisetsu no furûtsu pafe setto no okyakusama?

B: 私です。
わたし

watashi desu.

C: あの、チョコレートケーキじゃなくて、チーズケーキを頼んだのですが……。
たの

ano, chokorêtokêki ja nakute, chîzukêki o tanonda no desu ga……

A: 申し訳ございません。すぐお取り替えします。
もう　わけ　　　　　　　　　　　　　と　か

môshiwake gozaimasen. sugu otorikaeshimasu.

A: 讓您久等了，請問季節水果聖代套餐是哪位客人的？

B: 是我的。

C: 那個……我點的不是巧克力蛋糕，而是起司蛋糕……。

A: 很抱歉，我馬上為您更換。

197

A: 先程は大変失礼いたしました。チーズケーキでございます。

sakihodo wa taihen shitsurêitashimashita. chîzukêki degozaimasu.

ご注文の品は揃いましたでしょうか。

gochûmon no shina wa soroimashita deshô ka?

A: 剛才真是非常抱歉，這是您的起司蛋糕。

您的餐點已經送齊了嗎？

C: はい。

hai.

C: 對。

A: では、ごゆっくりお召し上がりくださいませ。

dewa, goyukkuri omeshiagarikudasaimase.

A: 那麼，請慢用。

B: すみません、新しいスプーンとお水をいただけますか。

sumimasen, atarashii supûn to omizu o itadakemasu ka?

B: 不好意思，可以給我一支新的湯匙還有水嗎？

A: かしこまりました。すぐお持ちします。

kashikomarimashita. sugu omochishimasu.

A: 好的，我馬上送來。

▼ 餐廳用餐

❹ 用餐服務　食<ruby>事<rt>しょくじ</rt></ruby>中<ruby><rt>ちゅう</rt></ruby>

日本我來了！實用延伸單句會話 ▶ 🔘 *Track 143*

| 催促上菜的時候用 | 料<ruby>理<rt>りょうり</rt></ruby>はまだですか。
ryōri wa mada desu ka?
料理還沒好嗎？ |

| 上錯菜的時候用 | これは<ruby>頼<rt>たの</rt></ruby>んでいません。
kore wa tanonde imasen.
我沒有點這個。 |

| 詢問吃法的時候用 | これはどうやって<ruby>食<rt>た</rt></ruby>べるのですか。
kore wa dō yatte taberu no desu ka?
這要怎麼吃啊？ |

| 想再來一份的時候用 | おかわりをお<ruby>願<rt>ねが</rt></ruby>いします。
okawari o onegaishimasu.
再給我一份。 |

| 收盤子的時候用 | これを<ruby>下<rt>さ</rt></ruby>げていただけますか。
kore o sagete itadakemasu ka?
可以幫我把這個收掉嗎？

お<ruby>食<rt>しょく</rt></ruby><ruby>事<rt>じ</rt></ruby>はお<ruby>済<rt>す</rt></ruby>みでしょうか。
oshokuji wa osumi deshō ka?
您用完餐了嗎？ |

| 詢問是否滿意料理的時候用 | お<ruby>料<rt>りょう</rt></ruby><ruby>理<rt>り</rt></ruby>はいかがでしょうか。
oryōri wa ikaga deshō ka?
味道還可以嗎？ |

| 店家招待的時候用 | こちらはお<ruby>店<rt>みせ</rt></ruby>のサービスです。
kochira wa omise no sābisu desu.
這是本店招待的。 |

日本我來了！日本餐廳內常看到的東西

和食 日式料理
わしょく

茶碗 碗
ちゃわん

皿 盤子
さら

箸 筷子
はし

フォーク 叉子　　　　ナイフ 刀子

コップ 杯子

スプーン 湯匙

グラス　玻璃杯

ナプキン　餐巾

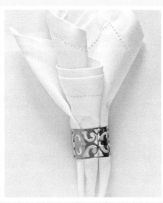

湯呑み　日式茶杯
（ゆ　の）

お盆／トレー　托盤
（ぼん）

▶頼む tanomu 請託

▶取り替える torikaeru 更換

▶揃う sorou 到齊

▶召し上がる meshiagaru 吃（尊敬語）

▶おかわり okawari 再來一份、續碗

▶下げる sageru 收走、撤下

▶サービス sâbisu 招待；服務

▶箸 hashi 筷子

▶レンゲ renge 中式調羹

▶スプーン supûn 湯匙

▶フォーク fôku 叉子

▶ナイフ naifu 刀子

▶グラス gurasu 玻璃杯

▶湯呑み yunomi 日式茶杯

▶コップ koppu 茶杯、咖啡杯（西式）

▶マグカップ magukappu 馬克杯

▶皿 sara 盤子

▶プレート purêto 盤子（西式）

▶茶碗 chawan 碗

▶ボウル bôru 碗（西式）

▶爪楊枝 tsumayôji 牙籤

05 / 結帳

お勘定
かん じょう

A: お勘定をお願いします。
かんじょう　　　　ねが
okanjô o onegaishimasu.

A: 請幫我結帳。

B: かしこまりました。お会計２６００円
かいけいにせんろっぴゃくえん
でございます。
kashikomarimashita. okaikê nisenroppyakuen degozaimasu.

B: 好的，您的金額是 2600元。

お支払いはご一緒でよろしいでしょう
し はら　　　　　いっしょ
か。
oshiharai wa goissho de yoroshii deshô ka?

一起結可以嗎？

A: はい。カードは使えますか。
つか
hai. kâdo wa tsukaemasu ka?

A: 可以。能刷卡嗎？

B: はい。カードをお預かりします。
あず
hai. kâdo o oazukarishimasu.

B: 可以。收您卡片。

お支払いは一括ですか、それとも分割
し はら　　　いっかつ　　　　　　　　　ぶんかつ
にしますか。
oshiharai wa ikkatsu desu ka, sore tomo bunkatsu ni shimasu ka?

請問是要一次付清還是 要分期呢？

A: 一括でお願いします。
いっかつ　　　ねが
ikkatsu de onegaishimasu.

A: 一次付清。

B: かしこまりました。
kashikomarimashita.

B: 好的。

日本我來了！實用延伸單句會話　

| 索取帳單的
時候用 | 伝票 をお願いします。
denpyô o onegaishimasu.
請給我帳單。 |

| 詢問在哪結帳
的時候用 | お支払いはここですか、レジですか。
oshiharai wa koko desu ka, reji desu ka?
結帳是在這邊還是要到櫃台？ |

| 要分開結帳的
時候用 | 別々でお願いします。
betsubetsu de onegaishimasu.
請幫我們分開結帳。 |

| 結帳的時候用 | この割引券は使えますか。
kono waribikiken wa tsukaemasu ka?
這張折價券可以用嗎？ |

お支払いは現金のみでございます。
oshiharai wa genkin nomi degozaimasu.
我們只接受付現。

お勘定 が間違っていますよ。
okanjô ga machigatte imasu yo.
帳單有誤喔。

| 送客的時候用 | ご来店ありがとうございました。
goraiten arigatôgozaimashita.
感謝您的來店。 |

またのお越しをお待ちしております。
mata no okoshi o omachishite orimasu.
期待您再度光臨。

日本我來了！補充單字 🎧 *Track 147*

▶ **勘定（する）／会計（する）** kanjô(suru)／kaikê(suru) 結帳

▶ **一括** ikkatsu 一次付清

▶ **分割** bunkatsu 分期付款

▶ **伝票** denpyô 帳單、傳票

▶ **一緒** issho 一起

▶ **別々** betsubetsu 分開

▶ **割引券** waribikiken 折價券

▶ **現金** genkin 現金

▶ **クレジットカード** kurejittokâdo 信用卡

▶ **テーブル払い** têburubarai 桌邊結帳

▶ **レジ払い** rejibarai 櫃台結帳

01／外帶餐點
持ち帰り

🎧 *Track 148*

A: いらっしゃいませ。店内でお召し上がりですか、お持ち帰りですか。
irasshaimase. tennai de omeshiagari desu ka, omochikaeri desu ka?

A: 歡迎光臨。請問是內用還是外帶？

B: 持ち帰りで。
mochikaeri de.

B: 我要外帶。

A: かしこまりました。何になさいますか。
kashikomarimashita. nani ni nasaimasu ka?

A: 好的。您要點什麼呢？

B: チーズバーガー１つ、セットでお願いします。
chîzubâgâ hitotsu, setto de onegaishimasu.

B: 1個吉士堡，然後我要套餐。

A: サイドメニューとドリンクはいかがなさいますか。
saidomenyû to dorinku wa ikaganasaimasu ka?

A: 副餐和飲料要什麼呢？

B: ポテトとコーラでお願いします。
poteto to kôra de onegaishimasu.

B: 薯條跟可樂。

A: ご注文は以上でよろしいですか。
gochûmon wa ijô de yoroshii desu ka?

A: 全部就這些嗎？

B: はい、以上です。
hai, ijô desu.

B: 對，就這些。

日本我來了！實用延伸單句會話 🔊 *Track 149*

詢問能否外帶的時候用	テイクアウトはできますか。 teikuauto wa dekimasu ka? 可以外帶嗎？

詢問餐具數量的時候用	お箸は何膳お付けしましょうか。 ohashi wa nanzen otsukeshimashô ka? 請問您筷子要幾雙呢？

詢問包裝方式的時候用	別々になさいますか。それともまとめてもよろしいですか。 betsubetsu ni nasaimasu ka? soretomo matomete mo yoroshii desu ka? 請問您要分開裝嗎？還是可以裝一起呢？

需要加熱的時候用	温めてください。 atatamete kudasai. 請幫我加熱。 温めますか。 atatamemasu ka? 需要加熱嗎？

詢問要不要保冷劑的時候用	保冷剤はお付けしますか。 horêzai wa otsukeshimasu ka? 需要幫您放保冷劑嗎？ お帰りまでお時間はどれくらいかかりますか。 okaeri made ojikan wa dore kurai kakarimasu ka? 您回到家需要多久時間呢？

日本我來了！補充單字 Track 150

▶持ち帰る mochikaeru 帶回去

▶テイクアウト teikuauto 外帶

▶サイドメニュー saidomenyû 副餐

▶温める atatameru 加熱

▶保冷剤 horeizai 保冷劑

▶割り箸 waribashi 免洗筷

▶ファミリーレストラン／ファミレス
famirîresutoran／famiresu 家庭餐廳

▶ファストフード fasutofûdo 速食

▶バーガー bâgâ 漢堡

▶フライドポテト／ポテト furaidopoteto／poteto 薯條

▶サラダ sarada 沙拉

▶ケチャップ kechappu 番茄醬

▶フライドチキン／チキン furaidochikin／chikin 炸雞

▶チキンナゲット chikinnagetto 雞塊

▶デザート　dezâto　餐後甜點

▶スイーツ　suîtsu　甜點

▶ケーキ　kêki　蛋糕

▶シュークリーム　shûkurîmu　泡芙

▶菓子パン　kashipan　甜麵包

▶惣菜パン　sôzaipan　鹹麵包

▶弁当　bentô　便當

▶おにぎり　onigiri　飯糰

▶牛丼　gyûdon　牛丼

▶寿司　sushi　壽司

▶ピザ　piza　披薩

Chapter 6 🛒

日本我來了！
逛街購物篇

01 尋找商品
商品探し
しょう ひん さが

A: 何かお探しですか。
なに　　　さが
nani ka osagashi desu ka?

A: 您想要找什麼嗎？

B: 卵 焼き器を探しているのですが、どこ
たまご や き さが
に置いてありますか。
お
tamagoyakiki o sagashite iru no desu ga, doko ni oite arimasu ka?

B: 我想找玉子燒煎鍋，它放在哪裡？

A: こちらでございます。
kochira degozaimasu.

A: 在這邊。

B: この２つの違いは何ですか。
ふた ちが なん
kono futatsu no chigai wa nan desu ka?

B: 這兩個有什麼不同呢？

A: こちらはガスコンロ専用で、こちらは
せんよう
ガスコンロ、ＩＨコンロ両方とも使
アイエッチ りょうほう つか
えるものでございます。
kochira wa gasukonro senyô de, kochira wa gasukonro, aiecchikonro ryôhô tomo tsukaeru mono degozaimasu.

A: 這邊的是瓦斯爐專用，而這邊的則是瓦斯爐、電磁爐兩種都可使用。

B: なるほど、分かりました。
わ
naruhodo, wakarimashita.

B: 原來如此，我知道了。

A: 他に何かお探しのものはございます
ほか なに さが
か。
hoka ni nani ka osagashi no mono wa gozaimasu ka?

A: 其他還有什麼想找的嗎？

B: いえ、今のところは。
いま
ie, ima no tokoro wa.

B: 目前沒有了。

A: では、また何かございましたら、お気
なに き
軽にお声がけください。
がる こえ
dewa, mata nani ka gozaimashitara, okigaru ni okoegakekudasai.

A: 那麼，若您還有什麼需要，請隨意呼喚我們。

日本我來了！實用延伸單句會話 🔘 Track 152

呼喚店員的時候用	すみません、ちょっといいですか。 sumimasen, chotto ii desu ka? 不好意思，可以請你來一下嗎？
沒有要找特定商品的時候用	見ているだけです。 mite iru dake desu. 我看看而已。
尋找商品的時候用	これと同じようなものはありますか。 kore to onaji yō na mono wa arimasu ka? 有跟這個類似的東西嗎？ ここに置いてあるもので全部ですか。 koko ni oite aru mono de zenbu desu ka? 這裡陳設的就是全部了嗎？ こちらの商品の在庫はありますか。 kochira no shōhin no zaiko wa arimasu ka? 這邊的商品還有庫存嗎？
詢問使否有其他廠牌的時候用	他のメーカーのものはありますか。 hoka no mēkā no mono wa arimasu ka? 有其他廠牌的嗎？

▶探す sagasu 尋找

▶置く oku 放置

▶専用（する）senyô(suru) 專用

▶似る niru 像、類似

▶売る uru 販賣

▶扱う atsukau 處理

▶違い chigai 差異、不同之處

▶全部 zenbu 全部

▶商品 shôhin 商品

▶在庫 zaiko 庫存

▶品切れ shinagire 售完（商家沒有庫存）

▶メーカー mêkâ 廠牌

▶通路 tsûro 走道

▶棚 tana 架子

▶段 dan 層

▶レジ reji 收銀台

02 付帳
お会計
かい けい

A: 次のお客様、どうぞ。
つぎ　　きゃくさま
tsugi no okyakusama, dôzo.

いらっしゃいませ、商品をお預かりします。
しょうひん　　あず
irasshaimase, shôhin o oazukarishimasu.

ポイントカードはお持ちですか。
も
pointokâdo wa omochi desu ka?

A: 下一位客人，這邊請。

歡迎光臨，請將商品給我。

請問有集點卡嗎？

B: いいえ。
îe.

B: 沒有。

A: ポイントカードは無料で作れますが、いかがですか。
むりょう　　つく
pointokâdo wa muryô de tsukuremasu ga, ikagadesu ka?

A: 集點卡可以免費申辦，您要辦一張嗎？

B: 結構です。
けっこう
kekkô desu.

B: 不用。

A: かしこまりました。こちらの商品は合計3点で、１２６０円でございます。
しょうひん　ごう
けいさんてん　　せんにひゃくろくじゅうえん
kashikomarimashita. kochira no shôhin wa gôkê santen de, sennihyakurokujûen degozaimasu.

A: 好的。這邊的商品3樣共1260元。

５０００円お預かりします。３０００と７４０円のお返しでございます。
ごせん　えん　あず　　　　　　さんぜん
ななひゃくよんじゅうえん　　　かえ
gosen'en oazukarishimasu. sanzen to nanahyakuyonjûen no okaeshi degozaimasu.

收您5000元。找您3740元。

レシートはご入用_{いりよう}ですか。
reshîto wa goiriyô desu ka?

需要收據嗎？

B: はい。
hai.

B: 要。

A: こちらレシートでございます。ありがとうございました。またお越_こしくださいませ。
kochira reshîto degozaimasu. arigatô gozaimashita. mata okoshikudasaimase.

A: 這是您的收據。謝謝，請再度光臨。

日本我來了！實用延伸單句會話 🎵 *Track 155*

刷卡付帳的時候用	お支払_{しはら}いは一括_{いっかつ}でよろしいでしょうか。 oshiharai wa ikkatsu de yoroshii deshô ka? 費用一次付清可以嗎？
	サインをお願_{ねが}いします。 sain o onegaishimasu. 請簽名。
找錢的時候用	只今_{ただいま}五千円札_{ごせんえんさつ}を切_きらしておりますので、千円札_{せんえんさつ}でのお返_{かえ}しですがよろしいでしょうか。 tadaima gosen'ensatsu o kirashite orimasu node, sen'ensatsu de no okaeshi desu ga yoroshii deshô ka? 現在沒有五千元鈔票了，所以找您千元鈔可以嗎？
索取收據的時候用	領収書_{りょうしゅうしょ}をください。 ryôsyûsho o kudasai. 請給我收據。

▼
商
品
購
買

02
付
帳
お
会
かい
計
けい

<table>
<tr><td>詢問是否需要
袋子的時候用</td><td>

ビニール 袋^{ぶくろ}をご利用^{りょう}になりますか。
binirubukuro o goriyō ni narimasu ka?
您要裝塑膠袋嗎？

このままでよろしいですか。
kono mama de yoroshii desu ka?
就這樣拿可以嗎？

</td></tr>
</table>

詢問是否需要
袋子的時候用

ビニール 袋 をご利用になりますか。
binirubukuro o goriyō ni narimasu ka?
您要裝塑膠袋嗎？

このままでよろしいですか。
kono mama de yoroshii desu ka?
就這樣拿可以嗎？

禮品包裝的
時候用

ご自宅用^{じたくよう}ですか、プレゼント用^{よう}ですか。
gojitakuyō desu ka, purezentoyō desu ka?
您是要自己用的，還是要送人的呢？

ラッピングしていただけますか。
rappingushite itadakemasu ka?
可以幫我包裝嗎？

値札^{ねふだ}は外^{はず}してください。
nefuda wa hazushite kudasai.
請幫我拿掉價格標籤。

日本我來了！補充單字　　🔊 Track 156

▶**会計（する）** kaikê(suru) 結帳

▶**ポイントカード** pointokâdo 集點卡

▶**会員カード／メンバーズカード** kaiinkâdo／menbâzukâdo 會員卡

▶**無料** muryô 免費

▶**有料** yûryô 需收費、付費

▶**入会費** nyûkaihi 入會費

▶**レジ袋／ビニール袋** rejibukuro／binîrubukuro 塑膠袋

▶**紙袋** kamibukuro 紙袋

▶**レシート** reshîto 收據

▶**領収書** ryôshûsho 收據（報帳用）

▶**個人** kojin 個人

▶**自宅** jitaku 自家

▶**プレゼント／贈り物**
purezento／okurimono 禮物

▶**リボン** ribon 緞帶

▶**包装紙／ラッピングペーパー**
hôsôshi／rappingupêpâ 包裝紙

▶**値札** nefuda 價格標籤

03 免税退税
免税・税金払い戻し

めんぜい ぜいきん はら もど

A: 免税手続きをお願いします。
めんぜい て つづ ねが
menzê tetsuduki o onegaishimasu.

A: 請幫我辦理免税手續。

B: かしこまりました。パスポートを拝見
してもよろしいでしょうか。
はいけん
kashikomarimashita. pasupôto o haikenshite mo yoroshii deshô ka?

B: 好的。能讓我看看您的護照嗎？

A: はい。
hai.

A: 拿去。

B: 手続きは上の階のサービスセンターで
て つづ うえ かい
行いますので、先にお会計を済ませて
おこな さき かいけい す
いただいてから、私と一緒に上に向か
わたし いっしょ うえ む
います。
tetsuduki wa ue no kai no sâbisusentâ de okonaimasu node, saki ni okaikê o sumasete itadaite kara, watashi to issho ni ue ni mukaimasu.

B: 由於手續是在樓上的服務中心進行，請先結完帳後，再和我一起上樓。

A: 分かりました。
わ
wakarimashita.

A: 我知道了。

B: こちら6点で、合計8600円にな
ろくてん ごうけい はっせんろっぴゃくえん
ります。
kochira rokuten de, gôkê hassenroppyakuen ni narimasu.

B: 這邊是6樣商品，總共8600元。

A: この金額は税込みですか。
きんがく ぜいこ
kono kingaku wa zêkomi desu ka?

A: 這個金額是含税的嗎？

B: いいえ、税金はもう抜いております。
ぜいきん ぬ
こちらは税抜きの金額でございます。
ぜいぬ きんがく
îe, zêkin wa mô nuite orimasu. kochira wa zênuki no kingaku degozaimasu.

A: 沒有，税金已經扣除了，這個金額是不含税的。

日本我來了！實用延伸單句會話 🎧 Track 158

| 詢問是否能夠
免稅的時候用 | ここでは免税で買い物できますか。
koko de wa menzê de kaimonodekimasu ka?
這裡購物可以免稅嗎？ |

当店では免税できません。
tôten de wa menzêdekimasen.
本店無法免稅。

これは免税の対象になりますか。
kore wa menzê no taishô ni narimasu ka?
這個有在免稅的範圍裡嗎？

| 詢問免稅門檻
的時候用 | いくら以上買えば免税になりますか。
ikura ijô kaeba menzê ni narimasu ka?
要買多少錢以上才能免稅呢？ |

| 詢問在哪辦理
免稅的時候用 | 免税手続きはどこですればいいのですか。
menzê tetsuduki wa doko de sureba ii no desu ka?
免稅手續要在哪裡辦理？ |

| 提醒相關規定
的時候用 | 日本国内ではご利用になれませんが、よろしいですか。
Nihon kokunai de wa goriyô ni naremasen ga, yoroshii desu ka?
在日本國內無法使用，您可以接受嗎？ |

日本を出るまで包装を開けないようにご注意ください。
Nihon o deru made hôsô o akenai yô ni gochûikudasai.
請留意在離開日本之前不要打開包裝。

商品購買

03 免税退税 免税・税金払い戻し

日本我來了！補充單字　🎧 *Track 159*

▶ 免税／タックスフリー　menzê／takkusufurî　免税

▶ 免税品　menzêhin　免税品

▶ 免税店　menzêten　免税店

▶ 税金　zêkin　税金

▶ 税込み　zêkomi　含税

▶ 税抜き　zênuki　不含税

▶ 払い戻す　haraimodosu　退費

▶ 手続き　tetsuduki　手續

▶ 対象　taishô　對象

▶ サービスセンター　sâbisusentâ　服務中心

▶ 包装（する）　hôsô(suru)　包装

▶ 開封（する）　kaifû(suru)　開封

▶ 開ける　akeru　打開

01 衣服鞋襪
衣類（いるい）

日本我來了！臨場感100%情境對話　　🎧 *Track 160*

A: すみません、こちら、試着（しちゃく）してもいいですか。
sumimasen, kochira, shichakushite mo ii desu ka?

A: 不好意思，請問這件可以試穿嗎？

B: はい、試着室（しちゃくしつ）はこちらです。こちらお持（も）ちしますね。
hai. shichakushitsu wa kochira desu. kochira omochishimasu ne.

B: 可以，試衣間在這邊。這個我幫你拿。

（試着中（しちゃくちゅう））

（試穿中）

B: サイズはいかがですか。
saizu wa ikaga desu ka?

B: 大小還可以嗎？

A: うーん、ウエストがちょっときついです。
ûn, uesuto ga chotto kitsui desu.

A: 嗯……腰有點緊。

B: 1つ上（ひとつうえ）のサイズをお持（も）ちしましょうか。
hitotsu ue no saizu o omochishimashô ka?

B: 需要我幫您拿大一號的過來嗎？

A: お願（ねが）いします。
onegaishimasu.

A: 麻煩你了。

B: かしこまりました。お待（ま）たせしました。こちらをお試（ため）しくださいませ。
kashikomarimashita. omataseshimashita. kochira o otameshikudasaimase.

B: 好的。讓您久等了，請試試看這件。

日本我來了！逛街購物篇

Chapter
6

Part 1
Part 2
Part 3

各類商品

01 衣服鞋襪 衣（い）類（るい）

日本我來了！實用延伸單句會話 🔴 *Track 161*

| 詢問試衣間位置的時候用 | 試（し）着（ちゃく）室（しつ）はどこですか。
shichakushitsu wa doko desu ka?
請問試衣間在哪？ |

| 回答試穿狀況的時候用 | ちょうどいいです。
chôdo ii desu.
剛剛好。 |

ちい**小さすぎます。／**おお**大きすぎます。**
chîsasugimasu.／ôkisugimasu.
太小了。／太大了。

| 想要別的顏色的時候用 | 色（いろ）違（ちが）いはありますか。
irochigai wa arimasu ka?
有別的顏色的嗎？ |

| 詢問是否能修改的時候用 | 寸（すん）法（ぽう）直（なお）しをお願いできますか。
sunpônaoshi o onegaidekimasu ka?
能請你們幫忙修改尺寸嗎？ |

| 詢問店員意見的時候用 | 似（に）合（あ）いますか。
niaimasu ka?
適合我嗎？ |

どちらがいいと思（おも）いますか。
dochira ga ii to omoimasu ka?
你覺得哪個比較好？

▶サイズ saizu 尺寸

▶試着（する）shichaku(suru) 試穿

▶試着室 shichakushitsu 試衣間

▶色 iro 顏色

▶大きい ôkii 大的

▶小さい chîsai 小的

▶似合う niau 適合

▶服 fuku 衣服

▶帽子 bôshi 帽子

▶シャツ shatsu 襯衫

▶Ｔシャツ tîshatsu Ｔ恤

▶ブラウス burausu 女用襯衫

▶パーカー pâkâ 連帽上衣

▶ズボン zubon 褲子

▶パンツ pantsu 褲子；內褲

▶ブラジャー burajâ 內衣

▶上着 uwagi 上衣、外衣

▶下着 shitagi 內衣

▶スカート sukâto 裙子

▶ミニスカート minisukâto 迷你裙

▶ジーンズ／デニム jînzu／denimu 牛仔褲

▶ショートパンツ shôtopantsu 短褲

▶ワンピース wanpîsu 連身洋裝

▶セーター sêtâ 毛衣

▶ジャケット jaketto 夾克、西裝外套

▶コート kôto 大衣

▶ネクタイ nekutai 領帶

▶ベルト beruto 皮帶

▶^{くつした}靴下／ソックス kutsushita／sokkusu 襪子

▶ニーハイソックス nîhaisokkusu 膝上襪

▶ハイソックス haisokkusu 小腿襪

▶タイツ／ストッキング taitsu／sutokkingu 絲襪

▶^{くつ}靴 kutsu 鞋子

▶^{かわぐつ}革靴 kawagutsu 皮鞋

▶ブーツ bûtsu 靴子

▶ハイヒール haihîru 高跟鞋

▶スニーカー sunîkâ 運動鞋

▶サンダル sandaru 涼鞋

▶スリッパ surippa 室內拖鞋

各類商品

01
衣服鞋襪
衣^い類^{るい}

日本我來了！日本常看到的衣服鞋襪

着物（きもの）　和服

帯（おび）　（和服）腰帶

下駄（げた）　木屐

足袋（たび）　二指和服襪

<ruby>紋付羽織袴<rt>もんつき は おりはかま</rt></ruby> 紋付羽織袴

（男性和服中最正式的禮裝）

<ruby>白無垢<rt>しろ む く</rt></ruby> 白無垢（日式新娘服）

<ruby>洋服<rt>ようふく</rt></ruby> 西式衣物

<ruby>浴衣<rt>ゆかた</rt></ruby> 浴衣

02 買包包
バッグ

日本我來了！臨場感100%情境對話 🔘 *Track 163*

A: すみません、一番右のバッグを見せて
いただけますか。
sumimasen, ichiban migi no baggu o misete
itadakemasu ka?

B: かしこまりました。どうぞ。
kashikomarimashita. dôzo.

A: こちらは本革ですか。
kochira wa hongawa desu ka?

B: いいえ、合成皮革でございます。
îe, gôsêhikaku degozaimasu.

A: へー、そうなんですか。本革だと思い
ました。
hê, sô nan desu ka. hongawa da to omoimashita.

中を見てもいいですか。
naka o mitemo ii desu ka?

B: はい、どうぞ。
hai, dôzo.

A: うーん、ポケットは1つしかないか。
ポケットの多いのはありますか。
ûn, poketto wa hitotsu shika nai ka. poketto no ôi
no wa arimasu ka?

B: それでしたら、こちらはいかがですか。
sore deshitara, kochira wa ikaga desu ka?

ポケットが4つもあるので、きれいに
収納できます。
poketto ga yottsu mo aru node, kirê ni
shûnôdekimasu.

A: 不好意思，能給我看看
最右邊的那個包包嗎？

B: 好的，請。

A: 這是真皮的嗎？

B: 不是，是合成皮的。

A: 是喔，我還以為是真皮
呢。

可以看看裡面嗎？

B: 請便。

A: 嗯……只有一個口袋
啊。有沒有口袋比較多
的？

B: 那樣的話，這個您覺得
如何呢？

它的口袋多達4個，可
以把東西收得很整齊。

日本我來了！逛街購物篇

Chapter
6

Part 1
Part 2
Part 3

各類商品

02 買包包 バッグ

デザインも可愛らしいので、とても人気でございます。
dezain mo kawairashii node, totemo ninki degozaimasu.

A: いいですね。
ii desu ne.

設計也很可愛，很受客人歡迎。

A: 不錯耶。

日本我來了！實用延伸單句會話 ⊙ *Track 164*

詢問材質的時候用	素材は何ですか。 sozai wa nan desu ka? 材質是什麼？

想照鏡子的時候用	鏡を見たいのですが……。 kagami o mitai no desu ga...... 我想照照鏡子。

討論款式的時候用	似たようなデザインは他にありますか。 nita yō na dezain wa hoka ni arimasu ka? 還有其他類似款式的嗎？

今年の流行りは何ですか。
kotoshi no hayari wa nan desu ka?
今年流行什麼？

私には派手すぎます。
watashi ni wa hadesugimasu.
對我來說太過花俏了。

もう少しフォーマルな感じがいいのですが……。
mō sukoshi fōmaru na kanji ga ii no desu ga......
我想要感覺再更正式一點的。

詢問保養方式的時候用	どうやって手入れすればいいのですか。 dō yatte teiresureba ii no desu ka? 要怎麼樣保養好呢？

- ▶かばん／バッグ　kaban／baggu　包包
- ▶ショルダーバッグ　shorudâbaggu　肩背包
- ▶ハンドバッグ　handobaggu　手提包
- ▶トートバッグ　tôtobaggu　托特包
- ▶リュックサック　ryukkusakku　後背包
- ▶ビジネスバッグ　bijinesubaggu　公事包
- ▶財布　saifu　錢包

- ▶長財布　nagazaifu　長夾
- ▶二つ折り財布　futaorisaifu　短夾
- ▶小銭入れ　kozeniire　零錢包
- ▶定期入れ　têkiire　票夾

- ▶模様　moyô　圖案
- ▶形　katachi　形狀
- ▶デザイン　dezain　設計
- ▶ポケット　poketto　口袋
- ▶ストラップ　sutorappu　肩帶
- ▶素材　sozai　材質

- ▶革／レザー　kawa／rezâ　皮革
- ▶本革　hongawa　真皮
- ▶合成皮革　gôsêhikaku　合成皮
- ▶布　nuno　布
- ▶帆布／キャンバス　hanpu／kyanbasu　帆布
- ▶ＰＶＣ　pîbuishî　PVC塑膠

03 首飾配飾
アクセサリー

日本我來了！臨場感100%情境對話 🔘 Track 166

A: このドレスに合うネックレスやペンダントを探しているのですが、見繕（みつくろ）っていただけますか。

kono doresu ni au nekkuresu ya pendant o sagashite iru no desu ga, mitsukurotte itadakemasu ka?

A: 我想找適合這件洋裝的項鍊或垂墜項鍊，可以幫我推薦一下嗎？

B: かしこまりました。ご予算（よさん）を伺（うかが）ってもよろしいでしょうか。

kashikomarimashita. goyosan o ukagatte mo yoroshii deshô ka?

B: 好的。方便請問您的預算嗎？

A: 2万円（にまんえん）ぐらいまでです。

niman'en gurai made desu.

A: 最多大概兩萬元左右。

B: それでは、こちらのパールネックレスはいかがですか。

sore dewa, kochira no pâru nekkuresu wa ikaga desu ka?

B: 那麼，這條珍珠項鍊您覺得如何呢？

シンプルで可愛（かわい）らしく、かつ上品（じょうひん）なデザインなので、コーディネートしやすいです。

shinpuru de kawairashiku, katsu jôhin na dezain na node, kôdinêtoshiyasui desu.

它的設計簡單大方、可愛又優雅，很好做搭配。

A: かわいいですね。
kawaii desu ne.

B: よろしければお試しになりますか。
yoroshikereba otameshi ni narimasu ka?

A: いいんですか。じゃ、お願いします。
ii n desu ka? ja, onegaishimasu.

あっ、この留め具のところ、素材は何ですか。
a, kono tomegu no tokoro, sozai wa nan desu ka?

私、金属アレルギーなので、シルバーやプラチナじゃなきゃだめです。
watashi, kinzoku arerugî na node, shirubâ ya purachina ja nakya dame desu.

B: 金属部分はすべてシルバーになっておりますので、ご安心ください。
kinzoku bubun wa subete shirubâ ni natte orimasu node, goanshinkudasai.

A: 很可愛呢。

B: 要不要試戴看看呢？

A: 可以嗎？那就麻煩你了。

　啊，這個鉤環的地方是什麼材質啊？

　我對金屬過敏，所以如果不是銀或白金的就不行。

B: 金屬部分都是銀的，請您放心。

日本我來了！逛街購物篇

Chapter
6

Part 1

Part 2

Part 3

▼ 各類商品

❸ 首飾配飾　アクセサリー

日本我來了！實用延伸單句會話 ▶ 🎧 *Track 167*

| 詢問是否可以
試戴的時候用 | 試しに付けてみることはできますか。
tameshi ni tsukete miru koto wa dekimasu ka?
可以試戴看看嗎？ |

| 指定材質的
時候用 | プラチナのものはありますか。
purachina no mono wa arimasu ka?
有白金的嗎？ |

談論喜好的 時候用	どのような指輪がお好みですか。 dono yō na yubiwa ga okonomi desu ka? 您喜歡哪樣的戒指呢？
	宝石付きのがいいです。 hōsekitsuki no ga ii desu. 我想要有鑲寶石的。
	このデザインは好みじゃありません。 kono dezain wa konomi ja arimasen. 這個設計不合我喜好。

| 談論預算的
時候用 | 予算オーバーです。
yosan ōbā desu.
超出我的預算了。 |

| 詢問是否附鑑
定書的時候用 | 鑑定書は付きますか。
kantēsho wa tsukimasu ka?
會附鑑定書嗎？ |

▶コーディネート（する）　kôdinêto(suru)　搭配（服裝、首飾）

▶アクセサリー　akusesarî　飾品

▶ジュエリー　juerî　珠寶

▶ネックレス　nekkuresu　項鍊

▶ペンダント　pendanto　垂墜項鍊

▶イヤリング　iyaringu　<u>垂墜耳環</u>

▶ピアス　piasu　耳環

▶指輪／リング　yubiwa／ringu　戒指

▶腕輪／ブレスレット　udewa／buresuretto　手環

▶バングル　banguru　手鐲

▶髪飾り／髪留め／ヘアアクセサリー
kamikazari／kamidome／heaakusesarî　髪飾

　　　▶ヘアクリップ　heakurippu　髪夾

　　　▶バナナクリップ　bananakurippu　香蕉夾

　　　▶シュシュ　shushu　大腸髪圈

　　　▶ヘアゴム　heagomu　髪圈

　　　▶ヘアピン　heapin　細髪夾

　　　▶コーム　kômu　髪梳

　　　▶かんざし　kanzashi　髪簪

　　　▶ダイヤモンド／ダイヤ　daiyamondo／daiya　鑽石

　　　▶ルビー　rubî　紅寶石

　　　▶サファイア　safaia　藍寶石

日本我來了！逛街購物篇

Chapter
6

Part 1

Part 2

Part 3

各類商品

03 首飾配飾 アクセサリー

▶エメラルド emerarudo 綠寶石

▶ガーネット gânetto 石榴石

▶キャッツアイ kyattsuai 貓眼石

▶水晶／クリスタル suishô／kurisutaru 水晶

▶瑪瑙 menô 瑪瑙

▶玉 gyoku 玉石

▶翡翠 hisui 翡翠

▶真珠／パール shinju／pâru 珍珠

▶琥珀／アンバー kohaku／anbâ 琥珀

▶珊瑚 sango 珊瑚

▶金／ゴールド kin／gôrudo 金

▶銀／シルバー gin／shirubâ 銀

▶白金／プラチナ hakkin／purachina 白金

▶ステンレススチール／ステンレス
sutenresusuchîru／sutenresu 不鏽鋼

▶めっき（する） mekki(suru) 鍍

04 電子產品
電気製品
でんきせいひん

日本我來了！臨場感100%情境對話 *Track 169*

A: ドライヤーを探しているのですが、紹
介していただけますか。

doraiyâ o sagashite iru no desu ga, shôkaishite
itadakemasu ka?

A: 我想找吹風機，可以請你幫我介紹一下嗎？

B: かしこまりました。お気に入りのメー
カーなどはございますか。

kashikomarimashita. oki ni iri no mêkâ nado wa
gozaimasu ka?

B: 好的。您有沒有喜歡的廠牌之類的呢？

A: いいえ、特には。一番売れ行きがいい
のはどれですか。

îe, toku ni wa. Ichiban ureyuki ga ii no wa dore
desu ka?

A: 沒有特別中意的。賣最好的是哪個呢？

B: 当店の売れ筋メーカーはこちらでござ
います。

tôten no uresuji mêkâ wa kochira degozaimasu.

B: 我們店裡賣很好的是這個。

A: こちら、マイナスイオンのものです
か。

kochira, mainasuion no mono desu ka?

A: 這是有負離子的嗎？

B: はい。こちらからこちらまで全てマイナ
スイオンドライヤーとなっております。

hai. kochira kara kochira made subete mainasuion
doraiyâ to natte orimasu.

B: 對，從這邊到這邊全都是負離子吹風機。

Chapter
6

Part 1

Part 2

Part 3

▼

各類商品

04 電子產品 電気製品
でんきせいひん

A: うーん、でももうちょっとコンパクトなものがほしいですね。

ûn, demo mô chotto konpakuto na mono ga hoshii desu ne.

A: 嗯⋯⋯但我想要更輕更小一點的。

B: それでしたら、こちらはいかがですか。

sore deshitara, kochira wa ikaga desu ka?

B: 這樣的話，這支您覺得如何呢？

本体が小さめで、折りたたみ式となっておりますので、携帯に便利でございます。
ほんたい　ちい　　　　お　　　　　　しき　　　　　　　　　けいたい　べんり

hontai ga chiisame de, oritatamishiki to natte orimasu node, kêtai ni benri degozaimasu.

它本體的體積較小，又是折疊式的，很便於攜帶。

それに、全電圧対応となっておりますので、旅行に最適でございます。
ぜんでんあつたいおう　　　　　　　　　りょこう　さいてき

sore ni , zenden'atsutaiô to natte orimasu node, ryokô ni saiteki degozaimasu.

而且它可對應全電壓，很適合帶去旅遊。

詢問機型的 時候用	こちらは最新のモデルですか。 kochira wa saishin no moderu desu ka? 這是最新的型號嗎？
	他のモデルはありますか。 hoka no moderu wa arimasu ka? 還有其他型號的嗎？

詢問用途、 用法的時候用	こちらはどうやって使うのですか。 kochira wa dō yatte tsukau no desu ka? 這要怎麼使用？
	こちらは何に使うのですか。 kochira wa nani ni tsukau no desu ka? 這要用在什麼地方？
	海外でも使えますか。 kaigai demo tsukaemasu ka? 在國外也能使用嗎？

詢問廠牌的 時候用	こちらはどのメーカーの製品ですか。 kochira wa dono mēkā no sēhin desu ka? 這是哪個牌子的產品。

詢問保固的 時候用	保証は付きますか。 hoshō wa tsukimasu ka? 有保固嗎？
	海外でも保証は効きますか。 kaigai de mo hoshō wa kikimasu ka? 保固在國外也有效嗎？

日本我來了！逛街購物篇

Chapter
6

Part 1
Part 2
Part 3

各類商品

❹電子產品 電気製品

日本我來了！補充單字　🎧 *Track 171*

▶電気製品 denkisêhin 電器產品

▶家電 kaden 家電

▶型／モデル kata／moderu 型號

▶メーカー mêkâ 廠牌

▶保証（する） hoshô(suru) 保證、保固

▶掃除機 sôjiki 吸塵器

▶ロボット掃除機 robottosôjiki 掃地機器人

▶洗濯機 sentakuki 洗衣機

▶布団乾燥機 futonkansôki 烘被機

▶扇風機 senpûki 電風扇

▶炊飯器 suihanki 電鍋

▶パン焼き器 panyakiki 麵包機

▶製氷機 sêhyôki 製冰機

▶電気ポット denkipotto 熱水壺

▶電気ケトル denkiketoru 快煮壺

▶コーヒーメーカー kôhîmêkâ 咖啡機

▶電子レンジ denshirenji 微波爐

▶オーブン ôbun 烤箱

▶ウォーターオーブン wôtâôbun 水波爐

▶トースター tôsutâ 烤麵包機

▶温水洗浄便座／ウォシュレット
onsuisenjôbenza／woshuretto 免治便座

▶ストーブ sutôbu 暖爐

▶こたつ kotatsu 暖桌

▶除湿機 joshitsuki 除濕機

▶加湿器 kashitsuki 加濕器

▶空気清浄機 kûkisêjôki 空氣清淨機

▶シェーバー shêbâ 刮鬍刀

▶マイナスイオン mainasuion 負離子

▶ドライヤー doraiyâ 吹風機

▶カールドライヤー kârudoraiyâ 捲髮吹風機

▶アイロン airon 熨斗

▶ストレートアイロン sutorêtoairon 離子夾

▶カールアイロン kâruairon 捲髮器

▶美顔器 biganki 美容儀

▶マッサージ機 massâjiki 按摩器

▶電動歯ブラシ dendôhaburashi 電動牙刷

▶ゲーム機 gêmuki 遊戲機

▶ＡＣアダプター êshîadaputâ 直流變壓器

05 買化妝品
化粧品
けしょうひん

A: すみません、このメーカーの化粧水はどこに置いてありますか。

sumimasen, kono mêkâ no keshôsui wa doko ni oite arimasu ka?

A: 不好意思，請問這個牌子的化妝水放在哪裡？

B: こちらでございます。

kochira degozaimasu.

B: 在這邊。

A: こちらに置いてあるもので全部ですか。

kochira ni oite aru mono de zenbu desu ka?

A: 架上的就是全部了嗎？

B: そうですが、何かお探しですか。

sô desu ga, nani ka osagashi desu ka?

B: 對，您想找什麼嗎？

A: 敏感肌向けのものがあると聞いたのですが、こちらには一般肌用のものしかないようなので。

binkanhadamuke no mono ga aru to kiita no desu ga, kochira ni wa ippanhadayô no mono shika nai yô na node.

A: 因為我聽説有針對敏感性肌膚的產品，但這裡只有一般肌膚用的。

B: 申し訳ございません。そちらは切らしておりまして……。

môshiwakegozaimasen. sochira wa kirashite orimashite……

B: 很抱歉，那個現在沒有貨……。

A: じゃ、いつ再入荷しますか。

ja, itsu sainyukashimasu ka?

A: 什麼時候會再進貨呢？

B: 13日に再入荷予定となっておりますので、その際にまたお越しくださいませ。

jûsannichi ni sainyuka yotê to natte orimasu node, sono sai ni mata okoshikudasaimase.

B: 預計13號會再進貨，請您屆時再度光臨。

241

討論膚質的
時候用

お肌はどんなタイプですか。
ohada wa donna taipu desu ka?
您的肌膚是什麼類型的呢？

私は敏感肌です。
watashi wa binkanhada desu.
我是敏感肌。

Ｔゾーンがいつもテカテカしています。
tīzōn ga itsumo tekatekashite imasu.
我的T字部位總是油亮亮的。

頬だけは乾燥してカサカサしています。
hō dake wa kansōshite kasakasa shite imasu.
我就只有臉頰會乾燥粗糙。

選擇產品的
時候用

私に合うファンデーションの色を選んでいただけますか。
watashi ni au fandēshon no iro o erande itadakemasu ka?
可以請你幫我選適合我的粉底色號嗎？

こちらは私の肌に合いません。
kochira wa watashi no hada ni aimasen.
這個不適合我的肌膚。

討論產品用法
的時候用

普通のクレンジングオイルで落とせますか。
futsū no kurenjinguoiru de otosemasu ka?
用一般的卸妝油卸得掉嗎？

試用的時候用

試しに少しだけつけてみますか。
tameshi ni sukoshi dake tsukete mimasu ka?
要不要試擦一點看看呢？

日本我來了！補充單字 🔘 *Track 174*

▶化粧品／コスメ keshôhin／kosume 化妝品

▶テスター／サンプル／見本 tesutâ／sanpuru／mihon 試用品

▶マスカラ masukara 睫毛膏

▶アイシャドウ aishadô 眼影

▶アイライナー airainâ 眼線

▶アイブロウ aiburô 眉筆

▶つけまつげ tsukematsuge 假睫毛

▶化粧下地 keshôshitaji 隔離霜

▶ファンデーション fandêshon 粉底

▶パウダー paudâ 蜜粉

▶チーク chîku 腮紅

▶口紅 kuchibeni 口紅

▶グロス gurosu 唇蜜

▶リップクリーム rippukurîmu 護唇膏

▶メイク落とし／クレンジング
meikuotoshi／kurenjingu 卸妝產品

▶洗顔料 senganryô 洗面乳

▶化粧水 keshôsui 化妝水

▶乳液 nyûeki 乳液

▶美容液／エッセンス
biyôeki／essensu 美容精華液

▶クリーム kurîmu 乳霜

▶パック pakku 面膜

▶マニキュア manikyua 指甲油、指甲彩繪

▶ペディキュア pedikyua 腳趾彩繪

▶ブラシ burashi 刷具

▶コンパクトケース／コンパクト konpakutokêsu／konpakuto 粉盒

▶日<ruby>焼<rt>や</rt></ruby>け<ruby>止<rt>ど</rt></ruby>め hiyakedome 防曬乳

▶ハンドクリーム handokurîmu 護手霜

▶<ruby>香水<rt>こうすい</rt></ruby> kôsui 香水

▶<ruby>制汗剤<rt>せいかんざい</rt></ruby> sêkanzai 止汗劑

▶<ruby>保湿<rt>ほしつ</rt></ruby>（する） hoshitsu(suru) 保濕

▶<ruby>美白<rt>びはく</rt></ruby>（する） bihaku(suru) 美白

▶<ruby>敏感肌<rt>びんかんはだ</rt></ruby> binkanhada 敏感肌膚

▶<ruby>乾燥肌<rt>かんそうはだ</rt></ruby> kansôhada 乾燥肌膚

▶<ruby>脂性肌<rt>あぶらしょうはだ</rt></ruby> aburashôhada 油性肌膚

▶しっとり shittori 濕潤、滋潤

▶さっぱり sappari 清爽

▶<ruby>角質<rt>かくしつ</rt></ruby> kakushitsu 角質

▶<ruby>毛穴<rt>けあな</rt></ruby> keana 毛孔

買紀念品

記念品・お土産
（き　ねん　ひん）（みやげ）

A: 友達へのお土産を探しています。何か
（ともだち）（みやげ）（さが）　（なに）
いいものはありますか。

tomodochi e no omiyage o sagashite imasu. nani
ka ii mono wa arimasu ka?

B: こちらの地酒はいかがですか。お土産
（じ　ざけ）　　　　　　　　　　　　（みやげ）
として人気ですよ。
（にん　き）

kochira no jizake wa ikagadesu ka? omiyage
toshite ninki desu yo.

A: あんまり飲まない人なので、お酒は
（の）　　　（ひと）　　　　　（さけ）
ちょっと……。お菓子とかならいいで
（か　し）
すけど。

anmari nomanai hito na node, osake wa chotto……
okashi toka nara ii desu kedo.

B: それでしたら、こちらのお饅頭かこち
（まんじゅう）
らの飴がおすすめですね。
（あめ）

sore deshitara, kochira no omanjû ka kochira no
ame ga osusume desu ne.

A: 我在找要買給朋友的土
產，有沒有什麼適合的
東西呢？

B: 這邊當地產的酒怎麼樣
呢？很多人買來當伴手
禮喔。

A: 但他不太喝酒，所以酒
有點不太適合……點心
之類的話倒是可以。

B: 那樣的話我推薦這邊的
日式甜饅頭或是這邊的
糖果。

A: いいですね。でも食べ物以外のものも見てみたいです。

ii desu ne. demo tabemono igai no mono mo mite mitai desu.

B: 食べ物以外なら漆器のお箸なども人気ですよ。

tabemono igai nara shikki no ohashi nado mo ninki desu yo.

A: いいですね、それ。自分用のも買いたいです。

ii desu ne, sore. jibunyô no mo kaitai desu.

じゃ、お饅頭1箱とお箸2セットください。

ja, omanjû hitohako to ohashi futa setto kudasai.

B: ありがとうございます。

arigatôgozaimasu.

A: 不錯耶。不過我也想看看食物以外的東西。

B: 食物以外的話漆器的筷子之類的也很受觀迎喔。

A: 這真不錯呢。我也想買來自己用。

那就給我1盒甜饅頭跟2組筷子。

B: 謝謝惠顧。

246

日本我來了！實用延伸單句會話 *Track 176*

詢問特產的
時候用

こちらの特産品は何ですか。
kochira no tokusanhin wa nan desu ka?
這裡的特產是什麼？

こちらでしか買えないものはありますか。
kochira de shika kaenai mono wa arimasu ka?
有沒有只有在這裡才買得到的東西？

代表的なお土産などはありますか。
daihyôteki na omiyage nado wa arimasu ka?
有沒有代表性的土產？

何か伝統的なものはありませんか。
nani ka dentôteki na mono wa arimasen ka?
有沒有什麼具傳統風情的東西？

請求推薦的
時候用

何かお土産にいいものはありますか。
nani ka omiyage ni ii mono wa arimasu ka?
有沒有什麼適合當成土產的東西？

おすすめのお土産は何ですか。
osusume no omiyage wa nan desu ka?
你推薦什麼土產？

女の子が喜びそうなお土産を教えてください。
onnanoko ga yorokobisô na omiyage o oshiete kudasai.
請告訴我哪些是女孩子收到會高興的土產。

詢問物品含意
的時候用

この置物には何か意味があるのでしょうか。
kono okimono niwa nani ka imi ga aru no deshô ka?
這個擺飾有什麼意義嗎？

購買當地明信
片的時候用

ご当地ハガキみたいなものはありますか。
gotôchi hagaki mitai na mono wa arimasu ka?
有沒有類似當地明信片的東西呢？

▶お土産 omiyage 土產
▶記念品 kinenhin 紀念品
▶地酒 jizake 當地釀造的酒
▶はがき hagaki 明信片
▶しおり shiori 書籤
▶キーホルダー kîhorudâ 鑰匙圈
▶ストラップ sutorappu 吊飾
▶マグカップ magukappu 馬克杯
▶グラス gurasu 玻璃杯
▶置物 okimono 擺飾
▶磁石／マグネット jishaku／magunetto 磁鐵
▶扇子 sensu 扇子
▶うちわ uchiwa 圓扇
▶人形 ningyô 人偶
▶ぬいぐるみ nuigurumi 布偶
▶おもちゃ omocha 玩具
▶ポスター posutâ 海報
▶傘 kasa 傘
▶工芸品 kôgêhin 工藝品
▶漆器 shikki 漆器
▶陶器 tôki 陶器
▶伝統的 dentôteki 傳統的

▼
各類商品

06 買紀念品 記念品（きねんひん）・お土産（みやげ）

日本我來了！日本常看到的紀念品土產

ポスター　海報

扇子（せんす）　扇子

置物（おきもの）　擺飾

飴／キャンディ　糖果

抹茶　抹茶

お菓子　點心

お面　面具

日本我來了！逛街購物篇

Chapter
6

Part 1
Part 2
Part 3

▼
各類商品

06 買紀念品　記念品・お土産
きねんひん
みやげ

せんべい　仙貝、煎餅

ようかん
羊羹　羊羹

ぬいぐるみ　布偶

にんぎょう
人形　人偶

07 買食品
食品
（しょくひん）

A: 揚げたてのさつま揚げでございます。
どうぞお気軽にお試しくださいませ。
agetate no satsumaage degozaimasu. dôzo okigaru ni otameshikudasaimase.

いらっしゃいませ、よろしければ一口
いかがですか。
irasshaimase, yoroshikereba hitoguchi ikaga desu ka?

B: あっ、どうも。
a,dômo.

A: お味は、いかがですか。
oaji wa, ikaga desu ka?

B: うん、おいしいです。今頂いたのはど
ちらですか。
un, oishii desu. ima tabeta no wa dochira desu ka?

A: 今お召し上がり頂いたのはこちら、レ
ンコン入りのものです。
ima omeshiagariitadaita no wa kochira, renkon'iri no mono desu.

チーズ入りのも大変おいしいですが、
こちらもお試しになりますか。
chîzuiri no mo taihen oishii desu ga, kochira mo otameshi ni narimasu ka?

B: はい、お願いします。
hai, onegaishimasu.

A: はい、どうぞ。
hai, dôzo.

A: 剛炸好的薩摩揚喔。請
各位隨意試吃。

歡迎光臨，要不要嚐一
口看看呢？

B: 啊，謝謝。

A: 味道如何呢？

B: 嗯，好吃。我剛剛吃的
是哪一個？

A: 您剛才吃的是有放蓮藕
的。

起司的也很好吃喔，要
不要也試吃看看呢？

B 好啊，麻煩你了。

A: 好的，請用。

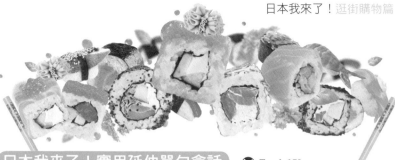

日本我來了！逛街購物篇

Chapter 6

Part 1
Part 2
Part 3

▼ 各類商品

07 買食品　食<small>しょくひん</small>品

日本我來了！實用延伸單句會話 **Track 179**

試吃的時候用

試<small>し</small>食<small>しょく</small>してもいいですか。
shishokushite mo ii desu ka?
可以試吃嗎？

ほかのも試<small>ため</small>したいのですが……。
hoka no mo tameshitai no desu ga......
我還想試試別的。

談論食品的時候用

こちらはこのままで食<small>た</small>べられますか。
kore wa kono mama de taberaremasu ka?
這可以直接吃嗎？

何<small>なん</small>個<small>こ</small>入<small>はい</small>っていますか。
nanko haitte imasu ka?
裡面有幾個？

味<small>あじ</small>は何<small>なん</small>種<small>しゅ</small>類<small>るい</small>ありますか。
aji wa nanshurui arimasu ka?
有幾種口味呢？

詢問保存時間和方式的時候用

どれくらいもちますか。
dore kurai mochimasu ka?
可以保存多久？

冷<small>れい</small>凍<small>とう</small>保<small>ほ</small>存<small>ぞん</small>できますか。
rêtô hozon dekimasu ka?
可以冷凍保存嗎？

食<small>た</small>べきれない時<small>とき</small>に、どのように保<small>ほ</small>存<small>ぞん</small>すればいいのですか。
tabekirenai toki ni, dono yô ni hozonsureba ii no desu ka?
吃不完的時候要怎麼樣保存比較好呢？

日本我來了！補充單字　🔊 *Track 180*

▶ 食品（しょくひん） shokuhin 食品

▶ 食べ物（たべもの） tabemono 食物

▶ 飲み物（のみもの） nomimono 飲料

▶ 試食（する）（ししょく） shishoku(suru) 試吃

▶ お菓子（かし） okashi 點心

▶ 洋菓子（ようがし） yôgashi 西式糕點

▶ 和菓子（わがし） wagashi 日式糕點

▶ 飴（あめ）／キャンディー ame／kyandî 糖果

▶ スナック sunakku 小餅乾

▶ クッキー kukkî 餅乾

▶ ケーキ kêki 蛋糕

▶ 饅頭（まんじゅう） manjû 日式甜饅頭

▶ 保存期限（ほぞんきげん） hozonkigen
保存期限（超過期限不可食用）

▶ 賞味期限（しょうみきげん） shômikigen 賞味期限（期限內
食用比較美味，超過期限還是能食用）

▶ もち時間（じかん） mochijikan 可保存的時間

▶ 保存（する）（ほぞん） hozon(suru) 保存

▶ 冷蔵庫（れいぞうこ） rêzôko 冷藏室

▶ 冷凍庫（れいとうこ） rêtôko 冷凍庫

01 包裝寄送

包装・配送
ほう そう・はい そう

日本我來了！臨場感100%情境對話 ▶ **Track 181**

A: こちら３点で、合計36000円でございます。
さんてん　　　ごうけいさんまんろくせんえん

kochira santen de, dôkê sanmanrokusen'en degozaimasu.

B: カードでお願いします。
ねが

kâdo de onegaishimasu.

それと、配送をお願いしたいのですが、空港への配送は可能ですか。
はい そう　　ねが　　　　　　　　　くうこう　　　はい そう　　か のう

sore to, haisô o onegaishitai no desu ga, kûkô e no haisô wa kanô desu ka?

A: はい、可能です。配送サービスをご利用になる場合は、１個につき1500円の送料を別途いただきますが、よろしいでしょうか。
か のう　　　　はい そう　　　　　　　　り
よう　　　　　ば あい　　いっ こ　　　せんごひゃくえん
そうりょう　べっ と

hai, kanô desu. haisô sâbisu o goriyô ni naru baai wa, ikko ni tsuki sengohyakuen no sôryô o betto itadakimasu ga, yoroshii deshô ka?

B: はい、お願いします。
ねが

hai, onegaishimasu.

A: では、こちらの申込書にご記入ください。
もうしこみしょ　　　き にゅう

dewa, kochira no môshikomisho ni gokinyûkudasai.

送料のお会計もこちらのカードでよろしいでしょうか。
そうりょう　　かいけい

sôryô no okaikê mo kochira no kâdo de yoroshii deshô ka?

B: はい。

hai.

A: 這邊是3件商品，總共36000元。

B: 我要刷卡。

還有，我想委託你們寄送，能夠寄到機場嗎？

A: 可以。使用寄送服務每件將額外收取1500元的運費，您可以接受嗎？

B: 可以，麻煩你了。

A: 那麼，請填寫這張申請書。

運費也用這張卡刷嗎？

B: 對。

A: かしこまりました。こちらはカードと
レシートでございます。

kashikomarimashita. kochira wa kâdo to reshîto degozaimasu.

商品受け取りの際には、レシートのご
提示をお願いします。

shôhin uketori no sai ni wa, reshîto no gotêji o onegaishimasu.

A: 好的。這是您的卡片和
收據。

要領取商品時，麻煩您
出示收據。

談論寄送細節 的時候用	配達の時間帯を指定できますか。 haitatsu no jikantai o shitêdekimasu ka? 可以指定遞送的時間帶嗎？ 配達先をホテルに指定することはできますか。 haitatsusaki o hoteru ni shitêsuru koto wa dekimasu ka? 可以指定遞送到旅館嗎？ コンビニで受け取ることはできますか。 konbini de uketoru koto wa dekimasu ka? 可以在超商取貨嗎？
詢問寄達時間 的時候用	いつ届きますか。 itsu todokimasu ka? 什麼時候會送到呢？
詢問運費的 時候用	送料はいくらですか。 sôryô wa ikura desu ka? 運費要多少呢？
指示包裝的 時候用	まとめて包んでください。 matomete tsutsunde kudasai. 請幫我全部包在一起。 別々に包んでください。 betsubetsu ni tsutsunde kudasai. 請幫我分開包。 プチプチで包んでください。 puchipuchi de tsutsunde kudasai. 請幫我用氣泡紙包起來。

日本我來了！補充單字 Track 183

▶ 包装（する）　hôsô(suru)　包裝

▶ 梱包（する）　konpô(suru)　捆包

▶ 包む　tsutsumu　包住

▶ 送料　sôryô　運費

▶ 配送（する）　haisô(suru)　寄送

▶ 配達（する）　haitatsu(suru)　遞送

▶ 発送（する）　hassô(suru)　寄出

▶ 届け先／配達先　todokesaki／haitatsusaki　收件資料

▶ 受取人　uketorinin　收件人

▶ 追跡番号／お問い合わせ番号

tsuisekibangô／otoiawasebangô　追蹤碼

▶ まとめる　matomeru　集中

▶ ダンボール　danbôru　瓦楞紙箱

▶ プチプチ　puchipuchi　氣泡紙

▶ エアクッション　eakusshon　緩衝氣墊

從國外寄東西回國

▼

❶ 紙箱要方方正正、避免奇形怪狀，紙箱表面最好是空白的，不能有各種圖案或者文字（如果實在沒有這樣的紙箱，可以將有圖案的紙箱拆開，反過來包裝）。為了預防被寄丟，最好在箱子上另外多貼一份地址，貨運單號也要抄寫在包裝上。

❷ 箱子外面用膠帶完全包裹一遍，盡量保持膠帶均勻整齊。

❸ 盡量用郵局的包裝箱和包裝袋（外面是白色、內有氣泡墊的那種）。

❹ 如果同時寄幾個包裹到同一個地址，最好用不同規格、不同顏色的包裝。如果要寄到同一個地址的包裹實在很多，盡量請親友代收、分別寄到不同的地址，且包裝規格要有差別，否則如果頻繁使用同一地址，東西很容易被扣押在海關。

❺ 控制貨物單件重量，每箱重量最多不能超過20公斤。

02 商品退換
交換・返品
こう かん へん ぴん

A: すみません、こちら、昨日買ったのですが、帰ったらこの部分に汚れがあると気づきました。

sumimasen, kochira, kinô katta no desu ga, kaettara kono bubun ni yogore ga aru to kidukimashita.

A: 不好意思，這個是我昨天買的，但我回家後發現這邊有髒汙。

B: 申し訳ございません。レシートはお持ちですか。

môshiwakegozaimasen. reshîto wa omochi desu ka?

B: 非常抱歉。請問您有帶收據來嗎？

A: こちらです。

kochira desu.

A: 在這。

B: 返品なさいますか。それとも新しいものと交換しましょうか。

henpinnasaimasu ka? soretomo atarashii mono to kôkanshimashô ka?

B: 您是要退貨嗎？還是要為您更換新的呢？

A: 新しいのください。

atarashii no kudasai.

A: 幫我換新的。

B: かしこまりました。新しい商品をお持ちしますので、少々お待ちくださいませ。

kashikomarimashita. atarashii shôhin o omochishimasu node, shôshô omachikudasaimase.

B: 好的。我去為您拿新的來，請您稍候。

（しばらく経って）

（過了一會）

B: お客様、お待たせしました。こちらが新しい商品でございます。

okyakusama, omataseshimashita. kochira ga atarashii shôhin degozaimasu.

B: 讓您久等了。這是新的貨品。

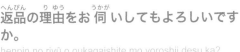
退換貨時用　これを返品<ruby>返品<rt>へんぴん</rt></ruby>したいのですが……。
kore o henpinshitai no desu ga......
我想退貨。

返品<ruby>返品<rt>へんぴん</rt></ruby>の理由<ruby>理由<rt>りゆう</rt></ruby>をお伺<ruby>伺<rt>うかが</rt></ruby>いしてもよろしいですか。
henpin no riyū o oukagaishite mo yoroshii desu ka?
方便請問您退貨的原因嗎？

別<ruby>別<rt>べつ</rt></ruby>のものと交換<ruby>交換<rt>こうかん</rt></ruby>していただけますか。
betsu no mono to kōkanshite itadakemasu ka?
可以幫我換成別的東西嗎？

セール品<ruby>品<rt>ひん</rt></ruby>の返品<ruby>返品<rt>へんぴん</rt></ruby>や交換<ruby>交換<rt>こうかん</rt></ruby>はいたしかねます。
sēruhin no henpin ya kōkan wa itashikanemasu.
我們不接受特價品的退換貨。

ご返金<ruby>返金<rt>へんきん</rt></ruby>をご希望<ruby>希望<rt>きぼう</rt></ruby>ですか。
gohenkin o gokibō desu ka?
您是希望退費嗎？

こちらは不良品<ruby>不良品<rt>ふりょうひん</rt></ruby>のようです。
kochira wa furyôhin no yō desu.
這好像是不良品。

詢問購買日期
的時候用　　いつお買<ruby>買<rt>か</rt></ruby>い求<ruby>求<rt>もと</rt></ruby>めでしたか。
itsu okaimotome deshita ka?
您是何時購買的呢？

收取差價的
時候用　　　差額<ruby>差額<rt>さがく</rt></ruby>の200円<ruby>円<rt>にひゃくえん</rt></ruby>をお支払<ruby>支払<rt>しはらい</rt></ruby>いただいてもよろしいでしょうか。
sagaku no nihyakuen o oshiharai itadaitemo yoroshii deshô ka?
我們將和您收取200元的差價，您可以接受嗎？

日本我來了！補充單字 🔊 *Track 186*

▶ **交換（する）**こうかん kôkan(suru) 交換

▶ **取り替える**とりか torikaeru 交換

▶ **返品（する）**へんぴん henpin(suru) 退貨

▶ **返金（する）**へんきん henkin(suru) 退費

▶ **差額**さがく sagaku 差價

▶ **不良品**ふりょうひん furyôhin 不良品

▶ **壊れる**こわ kowareru 壞掉

▶ **汚れ**よご yogore 髒污

▶ **ヒビ** hibi 裂痕

▶ **シミ** shimi 污漬

▶ **キズ** kizu 傷痕

▶ **パッケージ** pakkêji 外包裝

▶ **開封（する）**かいふう kaifû(suru) 開封

▶ **セール品／特売品**ひん とくばいひん sêruhin／tokubaihin 特價品

Chapter

7

日本我來了！
緊急狀況篇

01 國際電話
国際電話
こく さい でん わ

A: すみません、国際電話はどうやって掛けばいいですか。
こくさいでんわ　　　　　　　　　　　か
sumimasen, kokusaidenwa wa dô yatte kakeba ii desu ka?

A: 不好意思，請問國際電話要怎麼打？

B: まず０をダイヤルして外線にしてください。
ゼロ　　　　　　　　がいせん
mazu zero o daiyarushite gaisen ni shite kudasai.

B: 首先請先按0轉成外線電話。

そして、国際アクセス番号０１０をダイヤルしてから、相手先の国番号をダイヤルしてください。
こくさい　　　　　　ばんごうゼロいちゼロ　　　　　　あいてさき　くにばんごう
soshite, kokusai akusesu bangô zero ichi zero o daiyarushite kara, aitesaki no kunibangô o daiyarushite kudasai.

接著先按國際冠碼010，之後按對方的國碼。

それから、電話番号を市外局番から最初の０を取ってダイヤルしてください。
でんわばんごう　し　がいきょくばん　さいしょ　ゼロ　と
sore kara, denwabangô o shigaikyokuban kara saisho no zero o totte daiyarushite kudasai.

然後輸入去掉區碼最前面的0之後的電話號碼。

A: 台湾の国番号を調べていただけますか。
たいわん　くにばんごう　しら
Taiwan no kunibangô o shirabete itadakemasu ka?

A: 可以請你幫我查一下台灣的國碼是多少嗎？

B: かしこまりました。少々お待ちください。
しょうしょう　ま
kashikomarimashita. shôshô omachikudasai.

B: 好的，請您稍候。

ええっと、台湾の国番号は、８８６でございます。
たいわん　くにばんごう　はちはちろく
êtto, Taiwan no kunibangô wa hachi hachi roku degozaimasu.

嗯⋯⋯台灣的國碼是886。

日本我來了！緊急狀況篇

Chapter
7

Part 1

Part 2

Part 3

Part 4

A: どうも。あと、台湾への電話代はどのように計算されますか。

dômo. ato, Taiwan e no denwadai wa dono yô ni keisansaremasu ka?

B: 6秒ごとに14円請求させていただきます。

rokubyô goto ni jûyon'en sêkyûsasete itadakimasu.

A: 分かりました。ありがとうございます。

wakarimashita. arigatôgozaimasu.

A: 謝謝。還有，打去台灣的電話費是怎麼算的？

B: 每6秒我們將向您收取14元。

A: 我知道了，謝謝。

電話溝通 01 國際電話 国際電話

日本我來了！實用延伸單句會話 Track 188

撥打國際電話的時候用	国際電話の掛け方を教えてください。 kokusaidenwa no kakekata o oshiete kudasai. 請教我國際電話怎麼打。
	国際電話カードはどこで買えますか。 kokusaidenwakâdo wa doko de kaemasu ka? 在哪可以買到國際電話卡呢？
	この電話から国際電話は掛けられますか。 kono denwa kara kokusaidenwa wa kakeraremasu ka? 這支電話可以撥打國際電話嗎？
尋找公共電話的時候用	近くに公衆電話はありますか。 chikaku ni kôshûdenwa wa arimasu ka? 附近有公共電話嗎？
詢問電話號碼的時候用	電話番号を教えていただけますか。 denwabangô o oshiete itadakemasu ka? 能告訴我你的電話號碼嗎？
打錯電話的時候用	すみません、番号を間違えました。 sumimasen, bangô o machigaemashita. 不好意思，我打錯電話了。

日本我來了！補充單字 🔘 *Track 189*

▶ 国際電話 kokusaidenwa 國際電話

▶ 公衆電話 kôshûdenwa 公共電話

▶ 固定電話 kotêdenwa 市內電話

▶ 電話番号 denwabangô 電話號碼

▶ 国際アクセス番号 kokusaiakusesuban 國際冠碼

　　　▶ 国番号 kunibangô 國碼

　　　▶ 市外局番 shigaikyokubangô 區碼

　　　▶ テレホンカード terehonkâdo 電話卡

　　　▶ プリペイドカード puripeidokâdo 預付卡

　　　▶ 国際電話カード kokusaidenwakâdo 國際電話卡

▶ 電話料金／電話代 denwaryôkin／denwadai 電話費

▶ かける kakeru 撥打

▶ 切る kiru 掛斷

▶ ダイヤル（する） daiyaru(suru) 電話鍵盤；按電話鍵盤

01 / 無線網路
WiFi・無線LAN
ワイファイ　　む　せん　　ラン

A: すみません、ここ、無料 WiFiがあると聞いたのですが……。
むりょうワイファイ／き
sumimasen, koko, muryô waifai ga aru to kiita no desu ga……

A: 不好意思，我聽說這裡有免費WiFi可以用。

B: はい。ＳＳＩＤはYAMATO HOTELです。パスワードは０４つです。
エスエスアイディー／ヤマト／ホテル／ゼロよっ
hai. esuesuaidî wa yamato hoteru desu. pasuwâdo wa zero yottsu desu.

B: 對，SSID是YAMATO HOTEL，密碼是4個0。

A: ０００ですね。分かりました。
ゼロゼロゼロゼロ／わ
zero zero zero zero desu ne. wakarimashita.

A: 0000對吧，我知道了。

B: 大丈夫ですか。接続できましたか？
だいじょうぶ／せつぞく
daijôbu desu ka? setsuzokudekimashita?

B: 可以嗎？有連上嗎？

A: はい、大丈夫です。部屋内でも使えますか。
だいじょうぶ／へ や ない／つか
hai, daijôbu desu. heyanai de mo tsukaemasu ka?

A: 可以，沒問題。在房間內也能用嗎？

B: 申し訳ございません。場合によって使える客室もありますが、基本的にはこのロビーでしか使えないことになっております。
もう わけ／ば あい／つか／きゃくしつ／きほんてき／つか
môshiwakegozaimasen. baai ni yotte tsukaeru kyakushitsu mo arimasu ga, kihonteki ni wa kono robî de shika tsukaenai koto ni natte orimasu.

B: 很抱歉，視情況是有些房間也連得上，但基本上是只能在這個大廳使用。

A: そうですか。分かりました。
わ
sô desu ka. wakarimashita.

A: 這樣啊，我知道了。

日本我來了！實用延伸單句會話　Track 191

詢問WiFi密碼的時候用
WiFiのパスワードを教えてください。
waifai no pasuwâdo o oshiete kudasai.
請告訴我WiFi的密碼。

尋找WiFi熱點的時候用
近くに無料のWiFiスポットはありますか。
chikaku ni muryô no waifai supotto wa arimasu ka?
附近有免費的WiFi熱點嗎？

連接WiFi的時候用
WiFiに繋がらないのですが……。
waifai ni tsunagaranai no desu ga……
我連不上WiFi。

WiFiの電波が弱いです。
waifai no denpa ga yowai desu.
WiFi的訊號好弱。

詢問WiFi使用限制的時候用
接続時間制限はありますか。
setsuzoku jikan sêgen wa arimasu ka?
有限制可連接的時間嗎？

通信制限はありますか。
tsûshinsêgen wa arimasu ka?
有限制傳輸量嗎？

会員登録などは必要ですか。
kaiintôroku nado wa hitsuyô desu ka?
會需要註冊會員之類的嗎？

日本我來了！緊急狀況篇

Chapter
7

Part 1
Part 2
Part 3
Part 4

日本我來了！補充單字 🎬 *Track 192*

▶WiFi／無線LAN waifai／musenran 無線網路

▶WiFiスポット waifaisupotto 無線網路熱點

▶ＩＤ／ユーザー名 aidî／yûzâmê 使用者名稱

▶パスワード／暗証番号 pasuwâdo／anshôbangô 密碼

▶接続（する） setsuzoku(suru) 連接

▶繋がる tsunagaru 連接

▶通信（する） tsûshin(suru) 通訊

▶制限（する） sêgen(suru) 限制

▶登録（する） tôroku(suru) 註冊

▶電波 denpa 訊號

▶インターネット／ネット intânetto／netto 網際網路

▶ウェブサイト webusaito 網站

▶ホームページ hômupêji 主頁

▶データ dêta 資料

▶ＳＮＳ esuenuesu 社群網站、通訊軟體

01 赴醫就診
病院に行く
びょういんにいく

A: すみません、具合が悪いです。近くのクリニックを紹介していただけますか。
ぐあい　わる　　　　　ちか
しょうかい

sumimasen, guai ga warui desu. chikaku no kurinikku o shôkaishite itadakemasu ka?

B: 具体的にどうなさったのですか。
ぐたいてき

gutaiteki ni dô nasatta no desu ka?

A: 右目が腫れてて痛いです。
みぎめ　は　　　いた

migime ga haretete itai desu.

B: それは大変ですね。眼科までお供しましょうか。
たいへん　　　　がんか　　　　とも

sore wa taihen desu ne. ganka made otomoshimashô ka?

A: 大丈夫です。自分で行けます。
だいじょうぶ　　じぶん　い

daijôbu desu. jibun de ikemasu.

B: かしこまりました。では、一番近い眼科クリニックの地図をお描きしますね。
いちばんちか
がんか　　　　　　ちず　　　か

kashikomarimashita. dewa, ichiban chikai ganka kurinikku no chizu o okakishimasu ne.

A: お願いします。
ねが

onegaishimasu.

A: 不好意思，我身體不太舒服，可以請你介紹附近的診所給我嗎？

B: 具體來說是怎樣不舒服呢？

A: 右眼腫腫的，很痛。

B: 那真是糟糕，需要我陪您去眼科嗎？

A: 沒關係，我自己能去。

B: 我知道了。那麼，我幫您畫一張去最近的眼科的地圖。

A: 麻煩你了。

日本我來了！緊急狀況篇

Chapter
7

Part 1
Part 2
Part 3
Part 4

▼生病就醫

01
赴醫就診　病院に行く

日本我來了！實用延伸單句會話　　🔊 *Track 194*

需要救護車的時候用	救急車を呼んでください。 kyûkyûsha o yonde kudasai. 請叫救護車。

掛號的時候用　　保険証と診療券をお願いします。
hokenshō to shinryōken o onegaishimasu.
請給我您的健保卡和診療卡。

ここに来るのは初めてですか。
koko ni kuru no wa hajimete desu ka?
您是第一次來嗎？

こちらの用紙に記入してください。
kochira no yōshi ni kinyūshite kudasai.
請您填寫這張表。

初診料はいくらですか。
shoshinryō wa ikura desu ka?
初診費要多少錢？

観光客なので、保険証は持っていません。
kankōkyaku na node, hokenshō wa motte imasen.
我是觀光客，所以沒有健保卡。

選擇科別的
時候用　　　何科にかかりたいですか。
nanika ni kakaritai desu ka?
您想要掛哪一科？

どの診療科を受診したらいいのですか。
dono shinryōka o jushinshitara ii no desu ka?
我應該掛哪一科好？

日本我來了！補充單字 🔘 *Track 195*

▶ 病院 byôin 醫院

▶ クリニック／診療所 kurinikku／shinryôjo 診所

▶ 外来 gairai 門診

▶ 紹介（する） shôkai(suru) 介紹

▶ 受付（する） uketsuke(suru) 掛號

▶ 初診／新来 shoshin／shinrai 初診

▶ 再診／再来 saishin／sairai 複診

▶ 保険証 hokenshô 健保卡

▶ 診療券 shinryôken 診療卡

▶ カルテ karute 病歷

▶ 具合 guai 狀況

▶ 自費 jihi 自費

▶ 内科 naika 內科

▶ 外科 geka 外科

▶ 眼科 ganka 眼科

▶ 歯科 shika 牙科

▶ 皮膚科 hifuka 皮膚科

▶ 小児科 shônika 小兒科

▶ 婦人科 fujinka 婦科

▶ 救急科 kyûkyûka 急診

272

02 身體不適
病気の場合
びょう き ば あい

日本我來了！臨場感100%情境對話　　🔴 *Track 196*

A: 今日はどうしましたか。
きょう
kyô wa dô shimashita ka?

A: 今天怎麼了嗎？

B: 風邪を引いたみたいで、のどが痛くて
かぜ ひ いた
咳も出ます。
せき で
kaze o hiita mitai de, nodo ga itakute seki mo demasu.

B: 好像是感冒了，喉嚨痛還有咳嗽。

それに、頭がずっとガンガンします。
あたま
sore ni, atama ga zutto ganganshimasu.

而且頭一直很痛。

A: 体温は測りましたか。
たいおん はか
taion wa hakarimashita ka?

A: 量過體溫了嗎？

B: まだです。手元に体温計がなくて。
て もと たいおんけい
mada desu. temoto ni taionkê ga nakute.

B: 還沒，因為手邊沒有體溫計。

A: じゃ、とりあえず体温を測りましょう。
たいおん はか
ja, toriaezu taion o hakarimashô.

A: 那總之先來量個體溫吧。

B: はい。お願いします。
hai. onegaishimasu.

B: 好的，麻煩您了。

A: ３７度８分。ちょっと熱がありますね。
sanjûnanado hachibu. chotto netsu ga arimasu ne.

じゃあ、ちょっと口を開けてみて。
jâ, chotto kuchi o akete mite.

B: はい。
hai.

A: うーん、腫れてますね。
ûn, haretemasu ne.

薬を出しますので、体調がよくなるまでは無理をせず、ゆっくりと休んでください。
kusuri o dashimasu node, taichô ga yoku naru made wa muri o sezu, yukkuri to yasunde kudasai.

B: ありがとうございます。
arigatôgozaimasu.

A: 37度8，有點發燒呢。

那把嘴巴張開。

B: 好。

A: 嗯……腫腫的呢。

我會開藥給你，在身體狀況恢復前，不要太勉強自己，要好好休息。

B: 謝謝醫生。

日本我來了！緊急狀況篇

Chapter 7

Part 1
Part 2
Part 3
Part 4

▼ 生病就醫 ❷ 身體不適 病気の場合

日本我來了！實用延伸單句會話 ► 🔊 *Track 197*

看診的時候用

服を上げてください。
fuku o agete kudasai.
請把上衣拉起來。

後ろを向いてください。
ushiro o muite kudasai.
請向後轉。

深呼吸をしてください。
shinkokyū o shite kudasai.
請深呼吸。

この体温計を脇の下にはさんでください。
kono taionkē o waki no shita ni hasande kudasai.
請把體溫計夾在腋下。

需要回診的時候用

3日後にまた診察を受けてください。
mikkago ni mata shinsatsu o ukete kudasai.
3天後請來回診。

領藥的時候用

この処方箋を持って、調剤薬局に行ってください。
kono shohōsen o motte, chōzaiyakkyoku ni itte kudasai.
請拿這張處方籤去調劑藥局。

特殊情況的時候用

妊娠中です。
ninshinchū desu.
我懷有身孕。

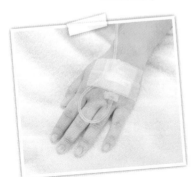

薬物アレルギーを持っています。
yakubutsuarerugī o motte imasu.
我有藥物過敏。

普段からこの薬を飲んでいます。
fudan kara kono kusuri o nonde imasu.
我平常有在吃這個藥。

▶医者 isha 醫生

▶看護師 kangoshi 護理師

▶先生 sensê 醫生、老師等的敬稱

▶診察（する） shinsatsu(suru) 看診

▶受診（する） jushin(suru) 接受看診

▶風邪 kaze 感冒

▶インフルエンザ／インフル
infuruenza／infuru 流感

▶病気 hyôki 疾病

▶薬 kusuri 藥

▶咳 seki 咳嗽

▶鼻詰まり hanadumari 鼻塞

▶鼻水 hanamizu 鼻水

▶鼻血 hanaji 鼻血

▶頭痛 zutsû 頭痛

▶腹痛 fukutsû 腹痛

▶歯痛 shitsû 牙齒痛

▶熱 netsu 發燒

▶平熱 hênetsu 正常體溫

▶だるい darui 倦怠

▶かゆい kayui 癢

▶痛い itai 痛

日本我來了！緊急狀況篇

Chapter
7

Part 1
Part 2
Part 3
Part 4

▶めまい memai 暈眩

▶吐き気 hakike 噁心反胃

▶吐く haku 嘔吐

▶下痢（する） geri(suru) 腹瀉

▶寒気 samuke 發冷、畏寒

▶胸焼け muneyake 胸悶

▶体温 taion 體溫

▶体調 taichô 身體狀況

▶妊娠（する） ninshin(suru) 懷孕

03 不幸受傷
怪我の場合
(けがのばあい)

A: どうしましたか。
dô shimashita ka?

B: 階段から落ちて、足を打ったんです。歩くとすごく痛いです。
kaidan kara ochite, ashi o uttan desu. aruku to sugoku itai desu.

A: うーん、捻挫ですね。念のため、レントゲンを撮影しておきましょう。
ûn, nenza desu ne. nen no tame, rentogen o satsuêshite okimashô.

（レントゲン検査の後）

A: 大丈夫、骨折はしていません。
daijôbu, kossetsu wa shite imasen.

B: よかったー！ この捻挫はどのくらいで完治しますか。
yokkatâ! kono nenza wa dono kurai de kanchishimasu ka?

A: 2週間ほど安静にすれば大丈夫でしょう。
nishûkan hodo ansê ni sureba daijôbu deshô.

B: 分かりました。ありがとうございます。
wakarimashita. arigatôgozaimasu.

A: 你怎麼啦？

B: 我從樓梯上摔下來，撞到了腳，現在一走路就很痛。

A: 嗯……這是挫傷。保險起見，我們還是照張X光吧。

（X光檢查後）

A: 沒問題，沒有骨折。

B: 太好了！這個挫傷大概要多久才會完全好呢？

A: 靜養2個星期應該就差不多了。

B: 我知道了，謝謝醫生。

日本我來了！緊急狀況篇

Chapter
7

Part 1

Part 2

Part 3

Part 4

▼
生病就醫

03
不幸受傷
怪我（けが）の場合（ばあい）

日本我來了！實用延伸單句會話 ▶ 🔘 *Track 200*

| 詢問受傷原由的時候用 | どのようにして怪我（けが）をしたのですか。
dono yō ni shite kega o shita no desu ka?
你是怎麼受傷的？ |

| 說明疼痛的時候用 | ここが痛（いた）いです。
koko ga itai desu.
這裡很痛。 |

| 詢問處置方式的時候用 | 入院（にゅういん）が必要（ひつよう）ですか。
nyūin ga hitsuyō desu ka?
需要住院嗎？

手術（しゅじゅつ）が必要（ひつよう）ですか。
shujutsu ga hitsuyō desu ka?
需要開刀嗎？ |

| 下達療傷指示的時候用 | 激（はげ）しい運動（うんどう）は控（ひか）えてください。
hageshii undō wa hikaete kudasai.
請避免進行激烈運動。

お風呂（ふろ）やシャワーは控（ひか）えてください。
ofuro ya shawā wa hikaete kudasai.
請不要泡澡或淋浴。 |

▶怪我（する）<ruby>怪我<rt>け が</rt></ruby>　kega(suru)　受傷

▶骨折（する）<ruby>骨折<rt>こっせつ</rt></ruby>　kossetsu(suru)　骨折

▶捻挫（する）<ruby>捻挫<rt>ねん ざ</rt></ruby>　nenza(suru)　扭傷、挫傷

▶打撲（する）<ruby>打撲<rt>だ ぼく</rt></ruby>　daboku(suru)　撞傷

▶やけど（する）　yakedo(suru)　燙傷

▶気絶（する）<ruby>気絶<rt>き ぜつ</rt></ruby>　kizetsu(suru)　昏倒

▶注射（する）<ruby>注射<rt>ちゅうしゃ</rt></ruby>　chûsha(suru)　注射

▶採血（する）<ruby>採血<rt>さいけつ</rt></ruby>　saiketsu(suru)　抽血

▶輸血（する）<ruby>輸血<rt>ゆ けつ</rt></ruby>　yuketsu(suru)　輸血

▶手術（する）<ruby>手術<rt>しゅじゅつ</rt></ruby>　shujutsu(suru)　手術

▶縫合（する）／縫う<ruby>縫合<rt>ほうごう</rt></ruby>／<ruby>縫<rt>ぬ</rt></ruby>う　hôgô(suru)／nuu　縫合

▶入院（する）<ruby>入院<rt>にゅういん</rt></ruby>　nyûin(suru)　住院

▶退院（する）<ruby>退院<rt>たいいん</rt></ruby>　taiin(suru)　出院

▶レントゲン　rentogen　X光片

▶ＣＴ検査<ruby>ＣＴ検査<rt>シー ティーけん さ</rt></ruby>　shîtîkensa　斷層掃描檢查

▶ギプス　gipusu　石膏

▶点滴<ruby>点滴<rt>てんてき</rt></ruby>　tenteki　點滴

▶安静<ruby>安静<rt>あんせい</rt></ruby>　ansê　靜養

▶治る<ruby>治<rt>なお</rt></ruby>る　naoru　痊癒

▶完治（する）<ruby>完治<rt>かん ち</rt></ruby>　kanchi(suru)　完全痊癒

▶リハビリ（する）　rihabiri(suru)　復健

04 購買藥品
薬品購入
やく　ひん　こう　にゅう

日本我來了！臨場感100%情境對話　🎬 *Track 202*

A: すみません、風邪薬はありますか。
かぜ　ぐすり
sumimasen, kazegusuri wa arimasu ka?

A: 不好意思，請問有感冒藥嗎？

B: どのような症状でしょうか。
しょうじょう
dono yô na shôjô deshô ka?

B: 您有什麼症狀呢？

A: ちょっと熱っぽくて、咳も鼻水も出ます。あと鼻詰まり。
ねつ　　　　　　せき　はなみず　で　　　　　　　　　　はな　づ
chotto netsuppokute, seki mo hanamizu mo demasu. ato hanadumari.

A: 好像有點發燒跟咳嗽流鼻水，還會鼻塞。

B: それでしたら、こちらのお薬がよく効きますよ。
くすり　　　　　　き
sore deshitara, kochira no okusuri ga yoku kikimasu yo.

B: 這樣的話，這個藥很有效喔。

A: こちらは錠剤ですか。
じょうざい
kochira wa jôzai desu ka?

A: 這是藥錠嗎？

B: はい。
hai.

B: 對。

A: じゃ、こちらで。こちら、どうやって飲めばいいでしょうか。
の
ja, kochira de. kochira, dô yatte nomeba ii deshô ka?

A: 那就這個。這藥該怎麼吃？

B: １日３回、食後に服用してください。
いちにちさんかい　しょく　ご　ふくよう
ichinichi sankai, shokugo ni fukuyôshite kudasai.

B: 1天3次，飯後服用。

買藥的時候用

解熱剤を探しています。
genetsuzai o sagashite imasu.
我想找退燒藥。

処方箋なしでこの薬を買えますか。
shohôsen nashi de kono kusuri o kaemasu ka?
沒有處方籤可以買這個藥嗎？

このお薬は処方箋なしではお売りできません。
kono okusuri wa shohôsen nashi de wa ouridekimasen.
這個藥如果沒有處方籤我們無法販售給您。

**討論藥物使用
方式的時候用**

よく振ってから服用してください。
yoku futte kara fukuyôshite kudasai.
請搖勻後再服用。

６時間おきに２錠ずつ飲んでください。
rokujikan oki ni nijô zutsu nonde kudasai.
請每隔6小時吃2顆。

**討論藥物效果
的時候用**

この薬は眠くなりますか。
kono kusuri wa nemuku narimasu ka?
這個藥吃了會想睡覺嗎？

効くまでどのくらいかかりますか。
kiku made dono kurai kakarimasu ka?
藥效要多久才會發揮呢？

副作用はありますか。
fukusayô wa arimasu ka?
會有副作用嗎？

日本我來了！補充單字 　Track 204

- ▶薬局／ドラッグストア yakkyoku／doraggusutoa 藥局
- ▶薬 kusuri 藥
- ▶薬品 yakuhin 藥品
- ▶処方箋 shohôsen 處方籤
- ▶飲み薬 nomigusuri 內服藥
- ▶塗り薬 nurigusuri 外用藥
- ▶錠剤 jôzai 藥錠
- ▶カプセル kapuseru 膠囊
- ▶粉薬 konagusuri 藥粉
- ▶水薬／水薬 suiyaku／mizugusuri 藥水
- ▶シロップ shiroppu 糖漿
- ▶風邪薬 kazegusuri 感冒藥
- ▶解熱剤 genetsuzai 退燒藥
- ▶咳止め sekidome 止咳藥
- ▶鼻炎薬 bienyaku 鼻炎藥
- ▶酔い止め yoidome 止暈藥
- ▶痛み止め／鎮痛剤 itamidome／chintsûzai 止痛藥
- ▶かゆみ止め kayumidome 止癢藥
- ▶吐き気止め hakikedome 止吐藥
- ▶下痢止め geridome 止瀉藥
- ▶胃腸薬 ichôyaku 腸胃藥
- ▶整腸薬 sêchôyaku 整腸藥
- ▶目薬 megusuri 眼藥
- ▶副作用 fukusayô 副作用
- ▶絆創膏 bansôkô OK繃
- ▶包帯 hôtai 繃帶
- ▶サプリメント sapurimento 營養輔助食品

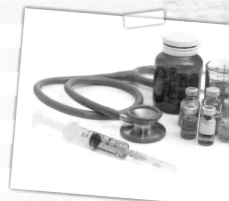

01 迷路
迷子

日本我來了！臨場感100%情境對話 ▶ *Track 205*

A: すみません、私、道に迷ってしまったみたいです。道を聞いてもいいですか。

sumimasen, watashi, michi ni mayotte shimatta mitai desu. michi o kiite mo ii desu ka?

A: 不好意思，我好像迷路了，方便和您問個路嗎？

B: はい、いいですよ。

hai, ii desu yo.

B: 可以啊。

A: この地図上で、私は今どこにいますか。

kono chizujô de, watashi wa ima doko ni imasu ka?

A: 我現在在這張地圖上的哪裡呢？

B: ああ、今はこの辺にいます。ちなみに、どちらまで？

â, ima wa kono hen ni imasu. chinami ni, dochira made?

B: 喔，現在在這一帶。順便問一下，你想要去哪？

A: 美術館です。

bijutsukan desu.

A: 美術館。

B: 美術館でしたら、この道を通った方が早いですね。

bijutsukan deshitara, kono michi o tôtta hô ga hayai desu ne.

B: 要去美術館的話，走這條路比較近。

ここをまっすぐ行って、2つ目の大通りを右に曲がったらすぐ見えるはずですよ。

koko o massugu itte, futatsume no ôdôri o migi ni magattara sugu mieru hazu desu yo.

順著這條路走，在第二條大馬路右轉之後應該馬上就能看到了。

A: 分かりました。ありがとうございます。

wakarimashita. arigatôgozaimasu.

A: 我知道了，謝謝。

日本我來了！緊急狀況篇

Chapter
7

Part 1
Part 2
Part 3
Part 4

日本我來了！實用延伸單句會話 🔘 *Track 206*

意外狀況

01 迷路 迷子（まいご）

問路的時候用

美術館へはどうやって行けばいいですか。
bijutsukan e wa dô yatte ikeba ii desu ka?
請問美術館要怎麼去？

ここはどこですか。
koko wa doko desu ka?
這裡是哪裡？

何か目印はありますか。
nani ka mejirushi wa arimasu ka?
有什麼地標嗎？

使用地圖的
時候用

この地図で教えてください。
kono chizu de oshiete kudasai.
請用這張地圖告訴我。

地図を描いていただけませんか。
chizu o kaite itadakemasen ka?
可以請您幫我畫張地圖嗎？

請人帶路的
時候用

そこに連れて行っていただけませんか。
soko ni tsurete itte itadakemasen ka?
可以請您帶我去那裡嗎？

ついて来てください。
tsuite kite kudasai.
跟我來。

婉拒問路的
時候用

この辺は詳しくないのです。
kono hen wa kuwashiku nai no desu.
我對這一帶不熟。

▶ 道 michi 街道

▶ 通り tôri 街道

▶ 迷子 maigo 迷路、迷路的人

▶ 地図 chizu 地圖

▶ 迷う mayou 迷失

▶ 尋ねる tazuneru 詢問

▶ 聞く kiku 詢問

▶ 詳しい kuwashii 清楚、熟悉

▶ まっすぐ massugu 筆直的

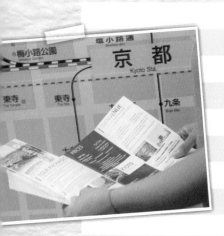

▶ 曲がる magaru 轉彎

▶ 近道 chikamichi 捷徑

▶ 回り道 mawarimichi 繞遠路

▶ 突き当り tsukiatari 路的盡頭

▶ 角 kado 轉角

▶ 信号 shingô 紅綠燈

▶ 交差点 kôsaten 十字路口

▶ 踏切 fumikiri 平交道

▶ ビル biru 大樓

▶ 方向 hôkô 方向

▶ 現在地 genzaichi 現在所在地

02 被偷被搶
盗難
とう なん

日本我來了！臨場感100%情境對話 ▶ *Track 208*

A: すみません、財布を盗まれたので、相談したいのですが……。
さい ふ ぬす そう
だん

sumimasen, saifu o nusumareta node, sôdanshitai no desu ga......

A: 不好意思，我錢包被偷了，所以想找你們商量。

B: 盗まれた場所、状況や財布の外見と中身など、詳しいことを聞かせてください。
ぬす ば しょ じょうきょう さい ふ がいけん
なか み くわ き

nusumareta basho, jôkyô ya saifu no gaiken to nakami nado, kuwashii koto o kikasete kudasai.

B: 請將被偷的地點、狀況和錢包的外觀、內容物等詳細地告訴我。

A: ピンク色の長財布で、中には約2万円の現金とクレジットカード3枚が入っています。
いろ ながざい ふ なか
やくにまんえん げんきん
さんまい はい

pinkuiro no nagazaifu de, naka ni wa yaku niman'en no genkin to kurejittokâdo sanmai ga haitte imasu.

A: 是個粉紅色的長皮夾。裡頭約有2萬元現金和3張信用卡。

駅のホームで飲み物を買う時、財布は
まだありましたので、多分電車の中で
すられたと思います。

eki no hômu de nomimono o kau toki, saifu wa
mada arimashita node, tabun densha no naka de
surareta to omoimasu.

我在車站月台買飲料的
時候錢包還在，所以我
想大概是在電車裡被扒
走了。

B: 分かりました。では、こちらの盗難届
に記入してください。

wakarimashita. de wa, kochira no tônantodoke ni
kinyushite kudasai.

B: 我知道了。那麼，請填
寫這張失竊報案單。

（盗難届提出後）...

（提交失竊報案單之後）.........

B: では、これで手配させていただきま
す。見つけたらすぐに連絡します。

de wa, kore de tehaisasete itadakimasu.
mitsuketara sugu ni renrakushimasu.

B: 那麼，這就交給我們處
理。找到之後會立刻通
知你。

A: お願いします。

onegaishimasu.

A: 麻煩你們了。

日本我來了！緊急狀況篇

Chapter
7

Part 1
Part 2
Part 3
Part 4

日本我來了！實用延伸單句會話 *Track 209*

尋求幫助的 時候用	どろぼう 泥棒！ dorobô! 小偷！
	だれ ひと つか 誰か、その人を捕まえてください！ dare ka, sono hito o tsukamaete kudasai! 誰來幫忙抓住那個人！

報案的時候用	けいさつしょ 警察署はどこですか。 kêsatsusho wa doko desu ka? 請問警察局在哪裡？
	とうなんとどけ だ 盗難 届 を出したいのですが……。 tônantodoke o dashitai no desu ga...... 我想提報失竊。

說明遭遇的 時候用	ひったくられました。 hittakuraremashita. 我被搶了。
	あ スリに遭いました。 suri ni aimashita. 我遇上扒手了。

尋求後續協助 的時候用	とうなんしょうめいしょ つく 盗難 証 明書を作ってください。 tônanshômeisho o tsukutte kudasai. 請幫我開立失竊證明書。
	タイペイちゅうにちけいざいぶんか だいひょうしょ れんらく 台北 駐 日経済文化代 表 処に連絡してください。 taipei chûnichi keizai bunka daihyôsho ni renrakushite kudasai. 請聯絡台北駐日經濟文化代表處。

▶盗難 tônan 失竊

▶盗む nusumu 偷

▶泥棒 dorobô 小偷

▶スリ suri 扒手

▶ひったくり hittakuri 強奪

▶強盗 gôtô 強盜

▶警察 kêsatsu 警察

▶交番 kôban 派出所

▶警察署 kêsatsusho 警察局

▶事情聴取 jijôchôshu 偵訊

▶盗難届 tônantodoke 失竊報案單

▶被害届 higaitodoke 報案單

▶盗難証明書 tônanshômêsho 失竊證明書

▶捕まえる tsukamaeru 抓住

▶目撃者 mokugekisha 目擊者

▶被害者 higaisha 被害人

03 交通事故
交通事故
こう つう じ こ

A: ちょっと、なんでぶつかってきたんですか。

chotto, nande butsukatte kitan desu ka?

A: 欸！你幹麻撞上來啊？

B: ごめんなさい……ブレーキを踏むつもりでアクセルを踏んでしまいました。

gomennasai……burêki o fumu tsumori de akuseru o funde shimaimashita.

B: 對不起……我要踩剎車結果不小心踩成油門了。

A: 幸い誰も怪我していません。今から警察を呼ぶので待っていてください。
さいわ だれ け が いま けい
さつ よ ま

saiwai dare mo kegashite imasen. ima kara kêsatsu o yobu node matte ite kudasai.

A: 還好沒有人受傷。我現在要報警，請你在這等著。

B: はい……本当にすみませんでした。
ほんとう

hai……hontô ni sumimasen deshita.

B: 好……真的很抱歉。

（レンタカー会社に連絡中）
がいしゃ れんらくちゅう

（聯絡租車公司中）

A: すみません、事故に巻き込まれました。
じ こ ま こ

sumimasen, jiko ni makikomaremashita.

A: 不好意思，我遇上交通事故了。

C: 事故はどのように起きたのですか。
じ こ お

jiko wa dono yô ni okita no desu ka?

C: 事故是怎麼發生的呢？

A: 向こうが後ろからぶつかってきたのです。
む う し

mukô ga ushiro kara butsukatte kita no desu.

A: 對方從後面撞上來。

C: 分かりました。スタッフを速やかに現場へ向かわせます。
わ すみ げん
ば む

wakarimashita. sutaffu o sumiyaka ni genba e mukawasemasu.

C: 我知道了，我們會立刻派工作人員前往現場。

發生事故的時候用

交通事故に遭いました。
kôtsûjiko ni aimashita.
我遇上交通事故。

交通事故を起こしてしまいました。
kôtsûjiko o okoshite shimaimashita.
我不小心引起了交通事故。

叫救護車的時候用

救急車を呼んでください！
kyûkyûsha o yonde kudasai!
請叫救護車！

報警的時候用

警察を呼んでください！
kêsatsu o yonde kudasa!
請找警察來！

敘述事故發生過程的時候用

後ろの車に追突されたのです。
ushiro no kuruma ni tsuitotsusareta no desu.
我被後車追撞。

ガードレールにぶつかってしまいました。
gâdorêru ni butsukatte shimaimashita.
我不小心撞上護欄。

人をはねてしまいました。
hito o hanete shimaimashita.
我不小心撞到了人。

車にひかれました。
kuruma ni hikaremashita.
我被車子撞到了。

事故を起こした車はそのまま走って逃げました。
jiko o okoshita kuruma wa sono mama hashitte nigemashita.
肇事的車沒有停下直接逃走了。

日本我來了！緊急狀況篇

Chapter
7

Part 1
Part 2
Part 3
Part 4

日本我來了！補充單字　

▶ **交通事故** kôtsûjiko 交通事故

▶ **追突（する）** tsuitotsu(suru) 追撞

▶ **ひき逃げ（する）** hikinige(suru) 肇事逃逸

▶ **飲酒運転（する）** inshuunten(suru) 酒駕

▶ **危険運転（する）** kiken'unten(suru) 危險駕駛

▶ **スピード違反（する）** supîdoihan(suru) 超速

▶ **玉突き事故** tamatsukijiko 連環追撞事故

▶ **飛び出す** tobidasu 突然衝出

▶ **ガードレール** gâdorêru 護欄

▶ **ハンドル** handoru 方向盤

▶ **ペダル** pedaru 踏板

▶ **アクセル** akuseru 油門

▶ **ブレーキ** burêki 剎車

▶ **ナンバープレート** nanbâpurêto 車牌

▶ **自動車** jidôsha 汽車

▶ **自転車** jitensha 腳踏車

▶ **トラック** torakku 卡車

▶ **原付** gentsuki 輕型機車

▶ **スクーター** sukûtâ 機車

▶ **バイク** baiku 重機

▶ **歩行者** hokôsha 行人

▶ **けが人** keganin 傷者

▶ **示談（する）** jidan(suru) 和解

04 找零有錯
おつり間違い

ま ちが

日本我來了！臨場感100%情境對話 🎧 *Track 214*

A: いらっしゃいませ。商品をお預かりします。
irasshaimase. shôhin o oazukarishimasu.

A: 歡迎光臨，商品請先給我一下。

こちら2点で ６８２ 円でございます。袋 はご入用ですか。
kochira niten de roppyakuhachijûnien degozaimasu. fukuro wa goiriyô desu ka?

這邊兩件商品共682元。需要袋子嗎？

B: はい。1万円からお願いします。
hai. ichiman'en kara onegaishimasu.

B: 要。給你1萬元。

A: 1万円お預かりします。
ichiman'en oazukarishimasu.

A: 收您1萬元。

B: あっ、2円あります。
a, nien arimasu.

B: 啊，我有2塊錢。

A: はい、1万円と2円お預かりします。
hai, ichiman'en to nien oazushimasu.

A: 好的，收您1萬零2元。

先に9000円をお返しします。
saki ni kyûsen'en o okaeshishimasu.

先找您9000元。

B: えっ、8枚しかないんですけど。
e, hachimai shika nain desu kedo.

B: 咦？這邊只有8張耶。

A: あっ、申し訳ございません。残り １３２０ 円お返しします。
a, môshiwakegozaimasen. nokori sensanbyakunijûen okaeshishimasu.

A: 啊，很抱歉。找您剩下的1320元。

こちらレシートでございます。
kochira reshîto degozaimasu.

這是您的收據。

日本我來了！緊急狀況篇

Chapter
7

Part 1
Part 2
Part 3
Part 4

日本我來了！實用延伸單句會話 🎧 *Track 215*

對方忘記找錢 的時候用	お釣りをもらっていません。 otsuri o moratte imasen. 你沒有找我錢。
發現找錯錢 的時候用	お釣りが間違っています。 otsuri ga machigatte imasu. 你找錯錢了。
	お釣が足りないんですけど。 otsuri ga tarinain desu kedo. 找的錢少了耶。
	千円多いですよ。 sen'en ōi desu yo. 多了1千元喔。
說明自己已 付帳的時候用	さっき5千円を出したはずですが……。 sakki gosen'en o dashita hazu desu ga…… 我剛才應該有給你5千元才對。
	さっき出したのは１万円ですよ。 sakki dashita no wa ichiman'en desu yo. 我剛才給你的是1萬元喔。
建議對方對帳 的時候用	レジ合わせをしたらいかがですか。 rejiawase o shitara ikaga desu ka? 你要不要對個帳？

▶お釣り／釣り銭 otsuri／tsurisen 找零

▶間違う machigau 弄錯

▶足りる tariru 足夠

▶多い ôi 多

▶札 satsu 紙鈔

▶硬貨／コイン kôka／koin 硬幣

▶〜円玉 ~endama 〜元硬幣

▶小銭 kozeni 零錢

▶レジ合わせ rejiawase 對帳

▶出す dasu 拿出

05 物品遺失
落し物

日本我來了！臨場感100%情境對話　　🔵 *Track 217*

A: すみません、トイレに忘れ物をしたんですが、どこに問い合わせたらいいのですか。

sumimasen, toire ni wasuremono o shitan desu ga, doko ni toiawasetara ii no desu ka?

A: 不好意思，我把東西忘在廁所裡了，請問我可以詢問哪裡呢？

B: 北口改札横の窓口までお問合せください。

kitaguchi kaisatsu yoko no madoguchi made otoiawasekudasai.

B: 請詢問北口票口旁的窗口。

A: 分かりました。ありがとうございます。

wakarimashita. arigatôgozaimasu.

A: 我知道了，謝謝。

（窓口にて）

（在窗口）

A: すみません、構内のトイレにカメラを置き忘れましたが、届いていませんか。

sumimasen, kônai no toire ni kamera o okiwasuremashita ga, todoiteimasen ka?

A: 不好意思，我把相機忘在站內的廁所裡了，請問有人送過來嗎？

C: どのようなカメラか教えていただけますか。

dono yô na kamera ka oshiete itadakemasu ka?

A: 白の一眼レフです。大きさは手のひらくらいです。

shiro no ichiganrefu desu ôkisa wa te no hira kurai desu.

C: 今のところはこのようなものは届いていませんね。

ima no tokoro wa kono yô na mono wa todoite imasen ne.

こちらの紛失届にご記入ください。
こちらに届き次第、ご連絡します。

kochira no funshitsutodoke ni gokinyûkudasai.
Kochira ni todokishidai, gorenrakushimasu.

A: 分かりました。お願いします。

wakarimashita. onegaishimasu.

C: 能告訴我是怎樣的相機嗎？

A: 白色的單眼相機，大小跟手掌差不多。

C: 目前沒有這樣的東西送來耶。

請您填寫這張失物陳報單。只要一送來這邊，我們就會連絡您。

A: 我知道了，麻煩你們了。

日本我來了！緊急狀況篇

Chapter
7

Part 1
Part 2
Part 3
Part 4

▼
意
外
狀
況

05
物
品
遺
失

落_{おと}し_{もの}物

日本我來了！實用延伸單句會話 *Track 218*

找失物招領處 的時候用	忘_{わす}れ物_{もの}の取扱所_{とりあつかいじょ}はどこですか。 wasuremono no toriatsukaijo wa doko desu ka? 請問失物招領處在哪裡？

東西不見的
時候用

ここでカーキ色_{いろ}のコートを見_みませんでしたか。
koko de kākiiro no kōto o mimasen deshita ka?
請問有在這邊看到一件卡其色的大衣嗎？

探_{さが}すのを手伝_{てつだ}っていただけませんか。
sagasu no o tetsudatte itadakemasen ka?
可以請你幫忙找嗎？

見_みつかりましたか。
mitsukarimashita ka?
有找到嗎？

見_みつかったら連絡_{れんらく}してください。
mitsukattara renrakushite kudasai.
找到請聯絡我。

どこでなくしたかわかりますか。
doko de nakushita ka wakarimasu ka?
你知道是在哪邊弄丟的嗎？

最後_{さいご}にそれを見_みたのはいつか覚_{おぼ}えていますか。
saigo ni sore o mita no wa itsuka oboete imasu ka?
你還記得最後一次看到它是什麼時候嗎？

索取遺失證明
的時候用

紛失証明書_{ふんしつしょうめいしょ}を作_{つく}ってください。
funshitsushōmēsho o tsukutte kudasai.
請幫我開立遺失證明書。

▶落し物 otoshimono 失物

▶落とす otosu 弄丟、弄掉

▶忘れ物 wasuremono 遺忘的物品

▶忘れる wasureru 忘記

▶紛失（する） funshitsu(suru) 遺失

▶問い合わせる toiawaseru 詢問

▶見つける mitsukeru 找到

▶見つかる mitsukaru 找到

▶捜す sagasu 尋找

▶届く todoku 送達

▶遺失物取 扱 所 ishitsubutsutoriatsukaijo 失物招領處

▶紛失 届 funshitsutodoke 失物陳報單

▶紛失 証 明書 funshitsushômêsho 遺失證明書

日本我來了！緊急狀況篇

Chapter
7

Part 1
Part 2
Part 3
Part 4

溫馨小提示

各種物品遺失的後續處理方式

在國外旅遊最害怕發生的事情莫過於遺失貴重物品了，身處異地常常令掛失手續做起來處處碰壁；除了和當地承辦人員溝通上的困難之外，不熟悉辦事流程也是原因之一。因此，以下整理了三種重要物品遺失後的後續處理方式，讓你即使不幸遭遇到這種事，也能平心靜氣地解決困難！

護照遺失：

護照就是我們在國外的身分證，因此若是遺失護照，務必要在第一時間內掛失。首先，請先向所在地的警察局報案、取得報案證明，接著準備以下文件，以便向駐外使館或辦事處申請補發護照：1. 普通護照申請書 2. 護照專用相片二張 3. 當地身分證件 4. 報案證明 5. 其他：駐外館處依地區或申請人個別情形所規定之證明文件 6. 護照規費

一旦新護照發下來後，舊護照就會被註銷，所以即使找到舊護照也不能再繼續使用喔。

信用卡及旅行支票遺失：

若不幸遺失了信用卡，應立即打電話到發卡銀行掛失、止付。各家銀行或合作的國際信用卡組織都有免付費二十四小時專線電話，撥打後會確認身分與最後一筆消費，並掛失信用卡。

如果是遺失旅行支票的話，也必須打電話通知支票服務中心申請補發，務必記得，旅行支票在使用前要將支票序號記錄下來並且和支票本身分開來放，在申報掛失時，才能將支票序號連同購買記錄一併給承辦人員，以便進行理賠作業。

手機遺失：

手機遺失時，務必先借電話打回台灣電信公司的客服中心，請他們協助將手機號碼停話，避免盜打的情況發生，並到所在地的警局報案。雖然不一定能將手機找回，但報案證明將會是回國後申請保險理賠的依據。

最後，為了避免讓這些事情壞了遊玩的好心情，出發前最好還是不要帶太多非必要的貴重物品，重要證件、照片多準備幾份副本放在各個包包或暗袋中以防萬一。如果不幸發生狀況，所在地又沒有駐外使館或辦事處的話，可以撥打外交部緊急聯絡中心電話：0800-085-095

原來如此 系列 J058

日本我來了

自由行必學日語會話，一本通通搞定！《暢銷增訂版》

一定要學的會話╳吃喝玩樂小知識，一本就搞定！

作　　者	費長琳
顧　　問	曾文旭
社　　長	王毓芳
編輯統籌	黃璽宇、耿文國
主　　編	吳靜宜
執行主編	潘妍潔
執行編輯	吳芸蓁、范筱翎
美術編輯	王桂芳、張嘉容
行銷企劃	吳欣蓉
法律顧問	北辰著作權事務所　蕭雄淋律師、幸秋妙律師

二　　版	2023年1月 2023年2月再版二刷
出　　版	捷徑文化出版事業有限公司
電　　話	（02）2752-5618
傳　　真	（02）2752-5619

定　　價	新台幣360元／港幣120元
產品內容	1書

總 經 銷	采舍國際有限公司
地　　址	235 新北市中和區中山路二段366巷10號3樓
電　　話	（02）8245-8786
傳　　真	（02）8245-8718

港澳地區總經銷	和平圖書有限公司
地　　址	香港柴灣嘉業街12號百樂門大廈17樓
電　　話	（852）2804-6687
傳　　真	（852）2804-6409

書中圖片由Shutterstock及freepik圖庫網站提供。

國家圖書館出版品預行編目資料

日本我來了，自由行必學日語會話，一本
通通搞定！《暢銷增訂版》/ 費長琳 著. --
二版. -- 臺北市：捷徑文化，2023.01
　面；　公分（原來如此：J058）
ISBN 978-626-7116-23-4 (平裝)

1.日語 2.旅遊 3.會話

803.188　　　　　　　　111020414